# 高名凯译文集 8

## 闻人高笛洒

（法）巴尔扎克 著

海峡出版发行集团 | 海峡文艺出版社
THE STRAITS PUBLISHING & DISTRIBUTING GROUP | Haixia Literature & Art Publishing House

# 目　录

# 闻人高笛洒

## 闻人高笛洒

古代所不认识的旅行伙计难道不是现代的风俗所创造的一个最为奇怪的人物吗？在某种情形之中，从观察家看来，他难道不是用来标记焊接物质开发于理智开发的大变动的符号吗？我们的时代可以把表现隔离的，富有创造精神的力量的世界和表现齐整的，然而却是平等的，大量出产同样性质的产物，适应社会的最后的意见，一种单一的思想的世界接连起来。在一致的精神被解放而享受自由之后，在最后努力于堆积人间宝藏于一个集中的地点的文化的工作之后，野蛮的暗影不是总要降临吗？旅行伙计这个观念之在思想上的作用不是和我们的公共马车之在货物和乘客上的作用一样？这观念给思想驾上车辆，让思想行动，使思想互相冲碰；这观念产生在光明的中心里，自命为光芒，横射正在酣睡的人众。这人类的自然物是个毫无所知的学者，一个被欺罔的欺罔者，一个只会谈论自己的神秘和自己的教条的没有信心的牧师。多奇怪的人物啊！这个人看见过一切，知道一切，认识一切的人。厌倦了巴黎的恶习之后，他却能够矫饰外省的淳朴。虽然他本质上既不是巴黎人，也不是外省人，因为他是个旅行人，他难道不是联结乡村和京城的铁环吗？他从来没有彻底看过什么东西；他只知道人物的地方的名字，他只认识事物的表面；他有自己的特殊的尺寸去衡量一切的东西；总之，他的视线在事物的上面溜着，而没有穿透他们。他对一切的东西都发生兴趣，然而任何的东西都不能够引起他的兴味。他是喜欢嘲弄的，喜欢歌唱的，他表面上喜欢一切的党派，他的心灵里大半是爱国的。他是超等的滑稽人，他懂得乘机发出感激的，满意的，亲切的微笑，随后又停止微笑，回到他的真实的性格上面来，这是他所休止的经常的状态。他不得不当一个观察家，不然的话，他就得放弃他的职业。他不是不断的被迫去用一道眼色去探究人众，去揣测他们的行动，他们的风尚，特别是他们的还债的能力，为着避免时间的损失，去立刻估计成功的机会吗？所以，在任何事情之中都得立刻下决定，这习惯就本质的使他变成一个“料事家”；他肯定的下断语，他装出专家的神气谈论巴黎的戏院，巴黎和外省的戏子。他而且也知道法兰西的好地方和坏地方，亲身去过，亲眼看过。他会用同样的保证带领您到罪恶或是道德的需要上面去。赋有人家自由开放的热水水龙头一般的辩才，他不是同样的能够停止，又能够重新无误的接上他所预备好而自由流畅的语句吗？他是个活泼的小说家，他抽烟，他喝酒。他有一些不值钱的首饰，他给穷苦的贱民夸耀，在乡村里被人家看做富豪，他绝不让人家“讨厌”（这是他自己字汇中的一句话），他知道在什么时候敲打他的口袋，让他的钱币作响，因而不会让他所走进的中产阶级家庭的多疑的女仆以为他是个贼。至于他的活动呢，这难道不就是这个人肉机器的最低的性质吗？无论是追捕猎获物的鸢鸟也好，无论是发明一种新的遁术来从猎狗背后跑去，来侦察猎夫的野鹿也好，无论是嗅探猎味的猎狗也好，这些都不能够和他考虑一个生意时那样快速的飞跑相比较，和他赶上竞争者时那样设计钩倒别人的才能相比量，和他觉察，嗅知，发现推销货物的法术相比拟。在这么样一个人身上，怎么能够没有特等的性格呢！在一个国家里，您不是可以找到这一类低级的外交家，这些谈论棉布，珠宝，毛布，葡萄酒，往往比大使还要能干，大体只有外表的商人吗？在法兰西，没有人怀疑这些旅行家所不断施展的难于令人相信的力量。他们都是空虚的大胆的无耻之徒，这些人在最边僻的小镇里，代表着巴黎文化和巴黎发明的天才而外省的善良的感觉，外省的无知，和外省的习俗相冲突。我们怎么能够在这里忘记了这些用言辞来对付最具反抗性的民众，因而使理智衰萎，这些类似不断拿起锉刀削起最为坚硬的云斑石的琢磨匠的令人钦佩的动作呢！如果您要认识谈论最为动乱的厄古[①]的花言巧语的力量的话，如果您要认识那些退居在村野的穴窟里的地主们的力量的话，就请您听一听巴黎的一个大工业家的演讲。

“先生，”一位著名火险公司的总经理对一位经济学家说，“先生，在外省，在重新缴纳的五十万佛郎的保险费之中，只有五万多佛郎是自动愿意缴纳的，剩下的四十五万佛郎之所以能够再来到我们的手里，这都是我们的经纪人替我们收集的，他们到迟交费的受保人家里去麻烦他们，一直等到他们重新签订保险契约的时候为止，给他们叙述可怕的火灾的故事去恫吓他们，去激励他们。所以口才在我们这一行的作派和做买卖的办法里占有九成的力量。”

说话让人家听，这不就是诱惑人家吗？有两个议院的国家和有两只轻薄的耳朵的女人，都是要同样的灭亡的。人类第一个女人爱薇和她的长蛇是一篇关于人世已经开始而要和世界同时消灭的一桩事实的永远的神话。

“两个钟头的会谈之后，一个人就会变成您的人了。”一位退休的法律公证人说。

请您转过来看一看旅行伙计，请您研究研究这个人物！请您不要忘记青黄色的礼服，也不要忘记大衣，摩洛哥领国，烟斗，

① 法国的银币，约合三佛郎。

蓝条棉布的衬衫。在这个这样特别而抵抗上油的脸孔之上，您不会发现哪几种不同的性质呢？您瞧！这是哪一种的力士，哪一种的竞技场，哪一种的武器：他，这世界和语言！他是大胆的水兵，他就带了几句动听的话上了船，到法兰西的伊落爪[①]的国度的冰冷的海中去钓回五六十万佛郎！这不就是用纯粹的理智的手术来开采埋藏在外省地下的黄金，不必用任何的苦痛而开出这黄金吗？外省的鱼不怕渔叉，也不怕火炬，然而却投进捕鱼笼，渔网和最温和的捕鱼器里。您现在是不是要毫不颤栗的想到在法兰西国里自黎明起就重新继续说话的语言的洪流呢？您已经认识这种人的一般的情形，下面是其中的一个人。

巴黎存在有一个无可比拟的旅行家，是这一类人物的模范，是一个占有最高程度的他的成功所有的一切的条件的人。在他的谈吐中可以找到硫酸盐，也可以找到捕鸟胶：捕鸟胶是用来获取，胶扎他的牺牲品而使其变成他的附属物的；硫酸盐是用来熔化最为坚硬的计算的。他的事儿是帽子的买卖；但是他拿来捕获人众的才能和技巧使他在商界中赢得了这样高大的名声，“巴黎货”的商人们甚至于都来逢迎他，希望他能够给面子来给他们经售。所以，当他凯旋回来，住在巴黎的时候，他总是不断的宴会；在外省，代理人们优待他；在巴黎，大商店妩媚他。他到处受欢迎，受邀请，受人家的供养；在他的看来，中饭或晚饭才是唯一的放纵，唯一的欢乐。他过着一种君主的生活，或说得更确切一点，度着新闻记者式的生涯。可是，他难道不就是巴黎商业的活新闻吗？他叫做高笛洒，他的名望，他的信用，他所收到的颂称使他赢得了“闻人”这雅号。无论这位单身汉到哪儿去，账房或是旅馆，沙龙或是公共马车，屋顶房或是银行家的公馆，每一个人看

① Iroquois是红种土人。

见他都说：“啊！闻人高笛洒来啦。”这是比任何的名字都和他的品性，他的举止，他的身姿，他的声音，他所特有的语言相调和的。一切的人都对旅行家微笑，而旅行家也对一切的人微笑。以毒攻毒，他是赞成用病来治疗病症的。双关语，哈哈大笑，修士式的脸孔，五伤方济会会徒的面色，拉柏莱派的外观；衣服，躯体，精神，脸孔，这一切的一切都互相的调和，使欢乐，戏言都能够从他整个的人身上表现出来。办事的圆滑，待人的和蔼，喜欢琐事，您也许会认为他是一个类似妖艳女工的可爱的男子，漂亮的爬上车盖，给一位从轿式马车下车受阻的太太伸手援助，看见驭夫的颈巾而给他开玩笑，卖给他一顶帽子；他对一位女仆微笑，搂住她的腰或是用情感去激动她；他在桌上学着倾倒酒浆的声音而给紧胀的颊部送去几个弹指；他懂得在嘴唇间吹胀空气，而把啤酒吹了出去；他用刀重重的敲打香槟酒的酒杯，不会敲破，而对那些嘲笑懦怯的旅行家，反对受教育，统治桌上而在那里吞下最美的肉块的人说：“您也来一下罢！”然而他却是一个坚强的人，他能够随时停止他的笑谑，而当他扔掉雪茄头瞧着全城说“我要看看这些人的肚子里有些什么东西”的时候，他又显得非常深刻似的。于是，高笛洒就变成最精细最能干的一个大使了。他懂得如何到县城里去的时候装做官员，到银行里去的时候装做资本家，到保王党家里去的时候装做宗教家和拥护君主的人，到中产阶级家里去的时候装做中产阶级。总之，他到什么地方去就会变成他所应当变成的样子，而到人家门口的时候就把高笛洒扔在外边，出来的时候又把高笛洒换上。

一直到一八三〇年为止，闻人高笛洒都是忠实于巴黎货的买卖的。在参加大部分人类的幻想之中，这商业的各种不同的枝节使他可以观察人心的褶痕，教导他许多他那富有吸力的流利的词藻的秘密，去解开打得最紧的钱袋的结线，去唤醒太太们，丈夫们，孩子们，女仆们的偏情，而给他们定约来满足他们的方法。谁也不会比他更清楚用一桩事业的蛊惑来诱引商人，在欲望走到危笃的时候就离开。他对制帽业十分的感激，他说他可以在制造头脑的外部装饰当中认识头脑的内部，他会装饰人众，投入他们的头脑的习惯等等。他对帽子所加的笑谑是无穷的。

但是，自从一八三〇年八月和十月之后，他就离开了制帽业的买卖，扔下了机械的看得见的商业，投身于巴黎的最高的投机生意中。他说他是放弃物质，而走进思想，放弃制造业的产品，而走进无限的的纯粹的理智的工作。这需要一个解释。

正如每一个人所知道的，一八三〇年的巴黎产生了许多老旧的思想，是一些能干的投机家想要使其返老还童的。自从一八三〇之后，更特别的，思想都变成了价值；正如一位相当聪明而不发表任何作品的作家所说的，现在的人要偷窃思想，而不是偷窃手绢。也许有一天我们可以看到一个“思想交易所”；但是，无论是好是坏，思想都已经在自标价格，自求收获，自己输入，自己转运，自己售卖，自己出手，而产生利益。如果没有出卖的思想的话，投机就想方法让人家看看话语，给话语有一种固定的思想，而靠这些话语来生活，就像鸟系靠黍壳过活一般。请您别笑话！在一个被钱包的标记比钱包的内容更能迷惑人的国度里，一句话就是等于一个思想。我们不是看见过当文献里已经没有“空想”这个字眼的时候，书店还在那里开发“历历如画”这个字眼吗？所以，国家税收的机关就想对理智征税，他知道在和平街的印花税局里测量招贴的范围，登记广告，冲量思想。变成一种开发之后，理智和他的产物就应当自然而然的服从制造业的开发所用的时髦式样。所以，在这些表面上闲荡而喝空酒瓶或是夹起雏鸡腿来做精神上的斗争的某些酒后巴黎人的脑筋里所酝酿的思想第二天就交给那些负责在城里和世界中，在巴黎和外省巧妙的贡献出招贴和广告这煎炒的肥肉的旅行伙计了。就是用这些方法，外省的老鼠就被钩在这事业的捕鼠器里头了。这老鼠有的时候叫做订户，有的时候叫做股东，有的时候叫做联络员，有的时候叫做预约者或是保护人，然而却到底只是一个傻瓜而已。

“我真是傻瓜!”不只是一个穷苦的业主，被创办人的衔头所诱惑而结果是丢掉了一万或是一万两千佛郎之后，都这样的说。

“订户都是一些傻瓜，他们不愿意知道要在理性的国度里走在人家的前头，就得有比旅行全欧洲所花费的还要多的金钱……”投机者说。

所以，在那些拒绝给巴黎的劝募付钱的拖欠租税的人和那些依靠税收生活而用新奇的思想和事业来煎炒民众，用广告来烧烤民众，用媚语来勾引民众，结果就用新的酱汁来吞吃他们的收税人之间就存在有一个永远的争斗；这些民众就是在这新的酱汁之中穷蹙，用它来迷醉，好像苍蝇用它的黑铅粉来迷醉一般。所以，自从一八三〇年之后，因为要在法兰西刺激一般的努力起见，人家是用了一切的方法来浪费智慧而进步的群众啊！衔头，勋章，文凭，一种为牺牲者的一群而发明的光荣勋级章就快速的相继而生。总之，一切出产智慧产物的工厂都发现有辣椒，特等的生姜，他们的享受。于是就有保险费，于是就有利息分配额，于是就有这些不知不觉由不幸的艺术家变成闻名的人物的征募，这些人就这样积极的在比每年所有的日数更多的企业中和人家合作，因为法律并没有预防到假用名义。于是就有这种抢夺思想的把戏，正如亚洲人之抢夺奴隶一样，这些赋有公共事业的机敏的企业家们就把这些思想从好容易才闭得紧的原来的脑袋中强夺出来，在他们的呆笨的苏丹，他们的波斯王的眼睛之前脱去这可怕的群众的衣服，牵着他们行走，然而如果群众不是觉得好玩的话，民众是会割断他们的头颅而抢去他们的量金器的。

这种时代的疯狂就这样的反映在闻人高笛洒身上。经过是这样的。一家人寿保险公司听到他的无可抵抗的辩才就对他提议给他一些他所接受的空前的利益。条件商妥了，契约签订了，这位旅行人就到总经理家里来“断乳”，总经理给高笛洒除去了襁褓，告诉他事业中的暗礁，教他生意场中的行话，一件一件的指示他变把戏的机关，给他解剖他所要去开发的群众，用话语来装满他的脑筋，用预料不到的回答来饲养他，供给他许多坚强的理论；总之，给他磨砺这只要在法兰西对生命施行手术的舌锋。婴儿非常适当的回应总经理先生的谨慎。人寿保险界的领袖和闻人高笛洒所吹嘘的资本引起他的注意而在高等的银行界和理智的外交界中使这个“活的广告”特别显露他的才能。那时候两家著名报馆的会计（这两家报馆后来都倒闭了）也有意思雇用他去征求订户。圣西门派的机关报《地球报》和共和党的《行动报》都把闻人高笛洒拉到他们的账房里来给他提议如果他拉到一千佛郎的订费就给他十佛郎，如果他只弄到五百佛郎的话却只给他五佛郎。《政治报》的部分并不妨碍保险业的资本的部分，这生意也就算是定下来了。不过高笛洒还要求五百佛郎的津贴费，因为他得花一星期的工夫去认识圣西门的理论，不用极大的记忆的努力和必要的理智去追究这理论的深意而能够从容的推理，“不要把自己迷在里头，”依据他所说的话。他并不向共和党要求任何的东西。第一，他倾向于共和党的思想，依据他自己的哲学，只有这些思想才能够建立一个合理的平等；第二，高笛洒曾经参加过法兰西的秘密社会；他曾经被捕而在证据不足的情形之下恢复自由；第三，他让报馆的会计注意自从七月以来他已经留蓄胡髭，他只要一只鸭舌帽和一只长马距就可以代表共和。在这一星期之中，早上他就到《地球报》社去把自己圣西门化，晚上他就跑到保险公司那边去学习财政语言的巧妙。他的能力，他的记忆都是超等的，所以他居然能够在四月十五日左右开始他的旅行事业，后来每年他也都是在这时候举行他的开春第一次的征略的。根据人家说，两家恐惧生意衰微的大商店也在引诱这富有野心的高笛洒，使他决定再去负责给他们经售。旅行大王考虑到他的老朋友和人家所偿还他的庞大数目的保险费就显得仁慈。

“听我的，我的小姑娘约妮……”他在他所雇用的马车里对一位漂亮的卖花女说。

一切的真正的伟人都喜欢让一个柔弱的人物来虐待，高笛洒的暴君就是约妮，十一点钟他把她从角技戏院带了回来，他就是她装饰得一身的珍贵送到这里来，坐在幕前的包厢里的。

“我回来的时候，约妮，我就要给你添置你的卧室的家具，而且是很用心的。那一位用比较，用俄国大使馆的当差从印度带回来的真正的印度肩巾，用她的朱红色和她的俄国亲王来锯断你的背，那一位我觉得有点吹牛神气的骄傲的大玛蒂儿黛，她也就不会在那里找到什么可说的话了。我要用我在外省所生的一切‘孩子’来装饰你的卧室。”

“哎，你真是太好了！”卖花女喊道。“但是，你这怪物，你怎么能够从容不迫的对我说起生孩子呢？你怎么会相信我会忍受你这个呢？”

“啊，这个！你怎么这么傻呢，约妮？……这是我们这一行买卖所说的话。”

“真不错，你们这一行买卖！”

“可是，请你听罢；如果你老是说话，你总会有道理。”

“我希望总是有道理！但是，瞧，你这时候给我说这个都不害臊吗！”

“那末，你不愿意让我说完吗？我保护了一个高妙的意思，一个人家要为孩子们创办的报纸。在我们这一行里，当旅行家们在一座城里假定弄到了《孩子报》的十家订户的话，他们就说：‘我生了十个孩子’；如果我给《行动报》弄到了十家订户的话，我就说：‘今天晚上我做了十个行动……’现在你明白了吗？”

“这真特别！所以你也参加政治活动吗？我看见你在圣柏拉志，因为我每天都得跑到那里去。啊！当人家爱一位男人的时候，如果人家知道要负什么责任的话，我发誓，人家一定要让你们自己单独去定夺，你们这些其他的男人！算了罢，你明天走，我们不要把自己装在这些忧愁的思想里，这些都是傻事。”

马车停留在阿尔多瓦街一所新盖的房子前面，高笛洒和约妮登上了这房子的第五层楼。古兰—约妮小姐就住在这里，一般人都认为古兰—约妮小姐已经秘密嫁给高笛洒了，这位旅行家也并不否认这风声。为着保持她的专横起见，古兰—约妮就逼着闻人高笛洒给她成千的小看顾，威吓他说如果他缺乏最微末的照应的话，她就要让他永远站在那里。停留在每一座城市的时候，高笛洒都得给她写信，报告她一切的事情，甚至于最小的举动。

“那末，得有多少的‘孩子’来装饰我的卧室呢？”她一边说，一边取下披肩，坐在火炉的旁边。

“每一订户我可以得到五苏。”

“真不错！就是用这五苏钱，你说你要让我发财吗？除非你不是像流浪犹太人一样，除非你没有缝好的钱袋。”

“可是，约妮，我可以生几千个‘孩子’哩！你想一想，孩子们从来就没有过他们的报纸。然而，叫我给你解释生意经，我也未免太傻了，你绝不会懂得这些事情。”

“你说，你说，高笛洒，假使我是这么傻的话，你为什么还要爱我呢？”

“就是因为你傻……这是最好的！听，约妮。你瞧，如果我叫人家订阅《地球报》，《行动报》，参加保险，购买巴黎货，而不要

“请你给我解开我的胸带罢，高笛洒。”

每年用尽心机来赚他这么可怜的八千或是一万佛郎，好像一位真正的马爷[1]一样的话，我就能够现在每次旅行带回两三万佛郎。”

“请你解开我的胸带罢，高笛洒，请你一直走，别拉着我。”

“那末，”旅行家瞧着卖花女的光泽的背部说，“我就变成报馆的股东了，正如我的一位朋友菲诺一样；菲诺是一位帽商的儿子，然而他现在却有三万佛郎的年收，而且不久还要被封为法兰西的世卿哩！当人家想到小鲍宾萝……啊！我的天哪，我忘记说鲍宾萝先生昨天发表当商事部部长……我为什么就没有野心呢，我？呃！呃！我可以完全夺取胡说八道的演讲坛，我可以当部长，可以神气！瞧，听我说——”

他在靠椅背后立定姿势说：“诸位先生，报纸既不是工具，也不是买卖。从政治的关系看来，报纸是一种教育机关。我们是无可奈何的被迫在这里来用政治的眼睛观察一切的事物；所以（他重新吸了一口气），所以，我们得考究它到底是有用的或是有害的，到底得鼓励它或是得抑制它，到底它得受统制或是自由的发行：这些都是严重的问题！我相信我并没有浪费这宝贵的时间在议院来考究这桩事情，让诸位看到各种不同的情形。我们都是朝着一个地狱走去。当然，法律并没有依照它所应当有的方法组织起来……’”

“哈，不是吗？”他瞧了约妮一眼，说，“一切的演说家都要法兰西走上地狱；他们说这个或是谈到国家的銮驾，政治的风波和政治的界线。我难道不是什么色彩都知道的吗！我懂得各行买卖的把戏。我知道为什么吗？我是生来戴高帽的，我母亲给我保守

---

① Mayeux是一八三〇年革命之后所创造的一个典型的人物，是讥刺画中的材料。他是一个国防军，满口“公民”啦，“宪章”啦，代表当时的中产阶级。

这高帽，我要把它送给你！所以，我不久就会掌握大权的，我！”

“你？”

“为什么我不会当高笛洒男爵，法兰西世卿呢！人家不是已经两次任命鲍宾萝先生当第四区的议员吗？他和路易—菲力一块儿吃饭。人家说菲诺就要当国家参赞哩。啊！如果人家派我当伦敦的大使的话，我，的确是我，我就告诉你说我要弄得英国人一句话也说不出来！谁也没有能够从闻人高笛洒身上拔去一根毛。是的，谁也没有能够侵犯过我，谁也不会侵犯我，无论是在哪方面，在政界方面或是在和政界没有关系的其他方面，无论是在这里或是在别的地方。但是，眼前我得整个的献身于征求资本，献身于《地球报》，《行动报》，《孩子报》和巴黎货。”

“你一定要让人家用你的报纸来害你。我打赌你不会只走到波瓦提尔而已，你一定要让人家抓住，你敢打赌吗？”

“好！咱们打赌罢，小姑娘。”

“一条披肩！”

“好！如果我输了一条披肩的话，我就要回来再干我的巴黎货和帽子买卖的生意了。但是侵犯了高笛洒！不！绝不可能！”

然后，著名的旅行家就站在约妮面前，骄傲的瞧着她，手放在背心里，头部四分之三的倾斜，就好像是拿破仑的姿势。

“噢！你不是太滑稽吗？今天晚上你到底吃了些什么呢？”

高笛洒是三十八岁的人，中等的身材，又粗又胖，正如一位习惯于坐车辗转的人似的；南瓜一般的脸孔是圆形的，著色的，规矩的，好像一切国家的雕刻师所给丰收，法律，力量，商业等等塑像采用的脸孔似的。他那凸起的肚皮看来好像是一只大梨似的；他的腿是细小的，然而他却是轻捷而神经质的。他抱着一半脱去衣服的约妮，把她放在床上。

“别说话，自由的女郎！”他说，“你不知道什么是自由的女郎，什么是圣西门主义，什么是对头，什么是福利埃列主义，[①] 什么是批评，什么是动情的开发；哎，这就是……总之，这就是每一家订户十佛郎，高笛洒夫人。”

“我发誓，你已经发疯了，高笛洒。”

“总是比你还要发疯的！”他一边说，一边把他的帽子朝着卖花女的沙发椅上扔去。

第二天早晨，特别和古兰—约妮一块儿吃完早饭之后，高笛洒就骑上马出门去了，他要到县里主要的市镇去，因为许多可以让他的才能成功的事业特别介绍他去窥探这些市镇。花了四十五天的时间去打进巴黎和布罗瓦之间的地域之后，他就逗留在这最后一座城里两星期，忙于写信，忙于游历这地域的小镇。在他动身到杜尔去的前夜，他给古兰—约妮小姐写了下面这一封信，这封信的正确的魔力是任何的叙述都比不上的，这封信也证明了这两位人物的结合是有特殊的合法的关系的：

**高笛洒致古兰—约妮书**

亲爱的约妮，我相信你一定会输了东道。正如拿破仑一样，高笛洒也有他的福星，然而他却没有滑铁卢。在这些指定的条件之下，我到处都得到胜利。资本的保险进行得非常好。从巴黎到布罗瓦，我已经代售了两百万；但是，我一走进法兰西中部，那些人的脑袋就变成特别的坚硬。结果这几百万就变成非常稀少的。巴黎货的销路却在不断的进行中，这是一只指环。运用我已往的联络，我整个的钩上了这些善良的店家。我在奥黎昂卖去了一百六十二条德尔诺的羊毛披肩。我用名誉来发誓，我不知道他们要变成什么样子，除非

① Fouriérisme 系 Fourier 氏所倡的一种共产主义。

他们只把这些披肩穿在羊背上以外。至于报纸呢，好家伙！这是另外一个问题。天老爷！我们还得花许多的时间给这些怪人用风琴教他们和黄雀一般的鸣叫，然后才能够教他们学习一段新的乐调！我只弄到六十二个“行动”！用我全路上所得到的来计算，这也比我在一个城市中所售去的德尔诺披肩少了一百个单位。这些共和党的丑角，他们一点儿也不订报：您可以跟他们谈天，他们也跟您谈天，他们也同情您的意见，人家不久也同意要推翻一切现存的制度。你相信他们就订报吗？好，是的，我真是要对你轻蔑他们！好容易有三寸地，我们怎么能够弄到十二棵白菜呢？我们怎么能够从木头里弄到一个牙杖呢？我的好好先生就说产业，赋税，征收，修理等等费用，一大堆的傻事，而我也只好爱国而虚费我的时间和口舌罢了。真是坏买卖！一般的说，《行动报》是软性的。我给这些先生们写信说到这一点。这使我产生不少的苦痛，从他和本人的意见的关系方面来说。至于《地球报》呢，这又是一桩丑事。当人家对这些人家以为容易受感动的人众说到新的理论的时候，这简直就好像是对他们说到要烧毁他们的房子似的。我对他们说了不少话，告诉他们这是他们的前途，当然也就是他们的利益，这是不会损失的开发；告诉他们好久以来人类就已经拿其他的人类来开发，告诉他们妇女是奴隶，我们得使救世的思想胜利，得让社会的秩序得到一个更为合理的契合，总之我的话语的整个的动摇……啊，对的！当我打开这些思想的时候，外省的人众就关上他们的钱柜，好像我要抢走他们什么东西似的；他们而且还请求我走开。真是傻瓜，这些笨牛！《地球报》算是受到打击了。我对他们说：

“你们未免太前进了；你们在前面走，这是好的；但是你们得有结果，因为外省人喜欢现实的结果。”

不过，我也还弄到了一百个“地球”，而看到这村野泥泞的厚度，这实在是一个神迹。但是我给他们答应许多的事情，老实说，我实在不知道这些《地球报》的主持人和党羽得如何的来实现他们；但是，正如他们告诉我他们是要命令这世界变得比现在的世界更好，我就走到前面，预言每份十佛郎是合理的。居然有一位佃农以为这是关于土地的问题，因为这报纸的名字是‘地球’，于是我也就把他钉在“地球”里。嘿，他一定会了解这理论，这是无疑的，他有一只圆形的额头，一切有圆形额头的人都是理想家。啊！请您给我讲一讲“孩子”罢！我生了两千个“孩子”，从巴黎到布罗瓦。这是小小的好买卖！用不着说多少话。您把插画拿出来，瞒着孩子，偷偷的拿给母亲看，让孩子想要看；当然孩子终于可以看得到，他也就拉着母亲的袍子，一直等到得到报纸为止，因为他的父亲没有这报纸。母亲的袍子值得二十佛郎，她不愿意她的小孩子拉破了这袍子；报纸只费十佛郎，这是便宜的，订阅就算是忽然成功了。这是一桩好事情，这是一种现实的需要，这是和孩子们的两个常定的需要，果子酱和图片一样的。他们已经开始念了，这些发疯的孩子们！

这里，在一位主人的桌上，我曾因为报纸和我的意见的问题吵过一次架。我在一位先生的旁边静静的吃饭，这位先生戴有灰色的帽子，他在念读《辩论报》。我心里想：

“我得尝试尝试我在演讲坛上所有的口才。这里是一位拥护王朝的先生，我要想法子让他苦楚。这个胜利一定可以给我的办事才干留下一个著名的证据。”

于是，我就开始动作了，我先吹嘘他的报纸。嘿！这是远处看的办法。由线变成带，我开始统治这个人。用四匹马来奔放我的语句，拿出我的推理和一切的神圣的机器。每一个人都在听我说话，我看见一个留有七月髭的人几乎要相信《行动报》。但是我不知道我怎么会不恰当的说出“无智能者”这句话。嘿！原来就是这王朝的帽子，灰色的帽子，坏帽子，原来就是戴有一半丝绸一半棉布的里昂的帽子的人咬牙切齿的发怒了。我，我就重新装出我的大方的神气，你知道，我就对他说：

“啊，这个！先生，您是个怪人。如果您不满意的话，我就要追问您的理由，我曾在七月革命时打过仗。”

“虽然我是一家之父，”他对我说，“我却是便着等……”

“您是一家之父，亲爱的先生，”我回答他说，“您有孩子吗?”

“有，先生。”

“十一岁吗?”

“差不多。”

“喂，先生，《孩子报》就要出版了：每月六佛郎，每月一期，两栏，都是由文学界的巨子执笔，是一种印刷很讲究的杂志，纸张结实，插画都是我们最著名的艺术家画的，真正的印度的画意，颜色绝不会褪。”

然后我又放出一排炮。这位父亲也就糊涂了！争吵的结果是叫他订了一份报。

“只有高笛洒会要这么样的把戏！”小个子拉马尔对这位大傻子布罗说，他在咖啡馆里对他叙述这幕戏。

我明天要到安布瓦斯去。我要在安布瓦斯办两天的事儿，我现在要从杜尔给你寄信，我要到那里想法子用最干枯的舌战来测量我的智慧和我的投机的技巧。但是，我相信，我一定会迷乱他们，他们一定会被迷乱！被迷乱！再见，小姑娘；

请你永远爱我，永远对我忠实。忠实毕竟是自由的女郎的一个德性。谁吻你的眼睛呢？

永远爱你的菲士力

五天之后，高笛洒清早离开他在杜尔所住的雄雉旅馆，到芜夫莱去。芜夫莱是人口稠密的富庶的县份，居民的性格在他看来似乎是可以加以开发的。他骑上马，沿着堤岸奔驰，脑筋里已经不想到他的说词，好像演过一百次的戏子不再想到他的扮演似的。闻人高笛洒一边走，一边欣赏山景，毫无疑虑的前进，没有想到在这快乐的芜夫莱溪谷里却要毁灭他那不能失败的事业。

这里需要一些关于杜尔兰的民性的解释。拉伯莱书中每页所印下的好辩，狡狯，侮慢，喜欢讽刺的性格其实是杜尔兰民性的忠实的表现，这种性格是精明而多礼的，好像在一个曾经长时间作为法兰西国王的都城的国度里应当有这种居民的性格似的；这是一种热烈，爱好艺术诗词，富于情欲的性格，可是这性格的本能却忽然的低落。空气的柔和，气候的美丽，生活的容易，风俗的善良不久就在那里闭塞了艺术的情绪，使最广泛的心坎枯萎，使最坚强的意志腐化。让杜尔兰人移居在别的地方，他们的禀性就会发展，而产生出许多伟大的事物，这我们已经在各方面的活动范围里找到证据。例如拉伯莱，桑布郎西，印刷家勃兰当和笛卡儿；布西高尔这时代的拿破仑和绘画大部分的大教堂的玻璃窗的毕纳葛里埃；还有维尔纳尔和古里埃。所以，外表这样漂亮的杜尔兰人在家里就好像印度人一样的坐在席上，土耳其人一样的坐在沙发椅上。他费精神去跟邻居开玩笑，去享乐，尽量的享受人生。杜尔兰正是《葛尔岗杜阿》[①] 书中所吹嘘的德莲姆修道院；

① Gargantua 系拉伯莱（Robelais）所著的一部小说。

正如这位诗人书中所说的一样，这里有许多宗教的殷勤，拉伯莱所极力称颂的佳肴在这里大占势力。至于惰怠，这则是达于极点的，而且可以用这句通俗的谚语惟肖惟妙的表现出来：“杜尔兰人，你要肉汤喝吗？——是的，我要。——那末，请你拿你的盘子来罢！——不，我已经不饿了。”这些温和而甘美的风俗之渐渐被弃，这是不是因为葡萄种植人的快乐的结果呢？这是不是因为法兰西风景区的调和的空气的作祟呢？这是不是因为从来没有外来的武力的侵略的太平的气象使其如此呢？关于这些问题，我们没有任何的回答。请您到这法兰西的土耳其国度里去，您就可以在那里变成怠情的，闲荡的，快乐的。如果您像拿破仑那样的富有雄心，如果是拜仑一类的诗人的话，一种空前绝后的不可克服的力量就会逼着您去闭塞您的诗章而使您的野心的计划成为梦幻。

闻人高笛洒应当得在芜夫莱碰到一个土产的笑谑，这些笑谑之所以带有攻击的性质，只能够因为这笑谑的本身的完美。他得跟这笑谑做下一个决斗。无论是对的或是不对的，杜尔兰人总喜欢从父母手中得到承继。那时候，圣西门的教义是人家所特别嫌怨和轻侮的，但是，在杜尔兰，人家是用轻蔑和富有故事而喜欢给邻居开玩笑的国度里所有的一种高超的笑谑来嫌怨，来轻侮的；这种精神也只有在拜仑爵士所谓的英吉利的隐语之前一天一天的消失了。

为着碰巧遇到他的不幸起见，高笛洒就在一位娶了一个富有的葡萄业主的小姐的从前的帝国禁防队卫兵米杜福勤的旅馆金太阳施舍下马，把马正式的交给米杜福勒之后，走到一位芜夫莱的好人，市镇的向导，因为职业上的关系和要使他的地方快乐的性格而不得不装出嬉皮笑脸的滑稽人的家里来。这位乡下的菲加罗[①]，这位从前的染布工人，他有七八千佛郎的年息，一所盖在邱陵上面的精致的房子，一位肥满的小妻子，一副强健的身躯。十年以来，他只需要看护他的花园和他的妻子，出嫁他的女儿，晚上的约会，认识他的权限之内所有的一切的诽谤，妨害选举，和大地主们斗争，设宴请客；骑马在堤岸上奔驰，看看杜尔发生了什么事情，去打扰本堂的教士；还有，最可注意的，就是等着售卖圈在他的葡萄园里的一块大地。总之，他过着清闲的生活，乡下小城市的生活。此外，他还是中产阶级中最有势力的名人，妒忌，嫉羡，传播反对贵族的谤语和讽刺，压低一切到自己的水平之上，仇恨一切的高卓，甚至于用极可钦佩的无知的平和的态度去轻蔑他们的小器量人物的领袖。这位短小的市镇的伟大人物名做维尔尼埃先生。当高笛洒出现在他这间可以由窗口看到罗瓦尔河和哲尔河的客厅，这地域的一个最为畅快的客厅里的时候，维尔尼埃先生刚刚好吃完他的早饭，叫他的妻子和他的女儿进来。

“是维尔尼埃先生吗？……”旅行家一边说，一边用最温和的态度来弯下他的脊骨，好像这脊骨有弹性似的。

“对啦，先生，”狡猾的染布工人打断他的话回答说，给他投去一道考究的眼色，因之也就立刻懂得是一种可以让自己有事情办的人。

“先生，”高笛洒接着说，“我来请求您帮忙，请你指示我在这县份里所应走的路，米杜福勒告诉我您在这里的影响是最大的。先生，我是由一个最重要的企业把我送到外省来的，这企业是许多银行家所组织的，他们要……”

“他们要骗我们的钱！”维尔尼埃笑着说，他已经习惯于对付旅行伙计，习惯于看他来。

---

① Figaro是鲍马赤（Beaumarché）书中的人物，以喜欢谑笑著名。

“的的确确的，”闻人高笛洒傲慢的回答，“但是，先生，您得知道人家只能够欺骗那些可以找到利益而自愿让人欺骗的人，因为您是太精明的。所以，我请您不要把我也看做是那些依靠狡猾或是啰唆来成功的旅行伙计之中的一个。我已经不是旅行伙计了，我从前是，先生，我很利用过这个来给我做下许多的光荣。但是现在，我有一个最重要的使命，这使命可以由我所用的最高的智慧使我变成一个重要的人物，正如一个献身给乡土光耀的人一样。请您给我面子听我的话，先生，您就可以看出在接受我的请求给我谈了半个钟头的话之后您就可以得到许多的东西。巴黎最著名的银行家们绝不会糊里糊涂的把我所说的抓耗子一般的可耻的投机放在这一桩事情里；不，绝不，这已经不是这桩事儿啦；我，我绝不会再负责任来背负这一类的捕鼠机。不，先生，巴黎最好的商店，最有信用的公司都参加这企业，有的和这企业发生关系，有的负责担保……”

高笛洒就这样的打开了他的话匣子，维尔尼埃却让他继续说下去，用表面上好像发生兴趣的态度来倾听他，瞒骗了他。但是只听到担保这一句话，维尔尼埃就不再注意旅行家的词章了，他想给旅行家要个把戏，希望从这些巴黎式的蛆蛹中产出一个让这些投机家不能够在这里找东西吃而值得他们叫做野蛮的国度。

在一条名为娇谷的山谷上，在一所四周绕有葡萄园的小房子里，住有一位几乎是疯子的人，名叫马尔加里迪斯。这溪谷所以有这个名字的原因是因为他的蜿蜒曲折的景致，无论走上走下，人们在快乐的行走之中每步都可以找到新的曲折，越往前走，越觉得美。马尔加里迪斯原籍意大利，虽然结了婚，却膝下无儿，他的妻子是用一般人都称赞的毅勇来看顾他的。马尔加里迪斯夫人的确是为这位男子冒着极大的危险，因为这位男子除了其他的怪癖之外还要用长锋的两把刀给她插进去，他从前曾经这样的威胁过她。但是哪一个人没有认识外省人所给苦难人的献身呢？这也许因为把孩子或是丈夫扔下让救济院去看顾是一位中产阶级的女人所等待的耻辱。再说，谁没有认识查兰顿或是疗养室所要求的一百路易或是一千厄古是外省人所不能付给的呢？如果有一两个给马尔加里迪斯夫人谈到杜布伊桑，埃斯基罗，布兰慈等等医生的话，她一定要高贵的愤怒，宁可要保守这三千佛郎，把这位好好先生留在家里。疯狂所给这位好好先生授予的意志是不可了解的，这些意志是和这篇故事的结局有关的，我们得说明其中的最为显著的部分。大雨倾盆的时候，马尔加里迪斯立刻就出门，光着头在葡萄园里散步。在家里，他随时都讨报纸看；为着使他高兴起见，他的妻子或是他的女仆也就给他一种老旧的《安德与罗瓦尔报》看；七年以来，他还没有注意到他所念的都是同一的一张报纸。也许一位医生不会不感觉兴趣来观察存在于重新讨问报纸和气候的变迁之中的关系。这位疯子的常定的工作就是证实天空的状态，这状态对于葡萄的影响。平常的日子，当他的妻子有客人的时候（这差不多是每天晚上都有的），这些怜悯她的地位的邻居都来在她家里打波斯顿牌。马尔加里迪斯冷冷清清的留在那里，愣在角落里，一动也不动的；但是，当装在长方形的大柜里的时辰钟打了十下的时候，他就好像德意志的玩具里的发条使人物活动一样，机械的准确的跟着最后一响钟声站了起来，给他们投去一道巴黎古寺大马路所展览的希腊人和土耳其人一样的眼光，对他们说："请你们滚蛋!"有的时期，这个人也曾恢复原来的精神，于是他就给他的妻子许多劝告，叫她售卖他的葡萄酒；但是这时候他就变成非常扰人的，他在贮藏食品的柜子里偷吃了一切的东西。有的时候，当家里的熟客进来的时候，他就文雅的回答他们的问话，但是平常他都是对他们说些不连贯的话语。所以，当一位贵夫人问他："马尔加里迪斯先生，您今天好吗？"的时候，他就回答说："我刮了胡子了，您呢?"另外一个太太问他："您比较好一点儿罢，先生?"他就回答说："耶路撒冷！耶路撒冷!"但是，多半的时间，他总是呆笨的瞧着他的客人，一句话也不说，于是他的妻子就对他们说："好好先生今天什么话也听不见。"五年之中有两三次，总是在春分或是秋分的时节，他居然因此而发怒，取出了两把刀之中的一把，叫着说："这个女人侮辱了我!"然而他却跟康健的人一样的喝酒，吃东西，散步溜达。所以，每一个人最后都只拿敬重大家具，注意大家具的态度来敬重他，来注意他。在他所有的怪癖之中，有一种没有人懂得他的意义的怪癖；因为最后本地的聪明人就给这位疯子的无理的举动加以许多的注解。他总要家里有一袋面粉，收获时保留两桶葡萄酒，不许任何人触动这面粉和酒。但是，到了六月间，他却非常忧虑的只想售卖这一袋面粉和这两桶葡萄酒。马尔加里迪斯夫人差不多总是告诉他卖了这两桶酒，得到善价，而把钱交给他，他也就把这钱藏了起来，然而就是他的妻子或是他的女仆怎么侦探也找不出藏匿的地方。

高笛洒到芜夫莱来的前一天，马尔加里迪斯夫人觉得比什么时候都难于欺骗她的丈夫，因为他好像又恢复了他的理性。

"真的，我不知道明天这一天得怎么样的过法，"她对维尔尼埃夫人说，"您想一想要是好好先生要起这两桶酒的话，怎么办。他整天的这样的刁难我（一句土话），我得给他拿出两桶满满的葡萄酒，让他看。幸亏我们的街坊商布兰一彼得先生还有两桶没有卖的酒；我求他，他也就把这两桶酒碾到我们的贮藏室里来。啊，这个！这位好好先生瞧了这两桶酒之后不是要自己亲身拿去售卖吗!"

高笛洒到来之前一刻钟，维尔尼埃夫人刚刚告诉她的丈夫马尔加里迪斯夫人的困难。旅行伙计说了第一句话之后，维尔尼埃就想让他和好好先生打交道去。

“先生，”高笛洒放过第一排炮之后，从前的染布工人就回答说，“我并不瞒您说您的事情在这里所要碰到的困难。我们这地方是最守旧的地方，在这里任何的新思想都是不可能的。我们就好像是我们的祖宗一样的活着，每天吃四顿饭，忙着种植我们的葡萄，变卖我们的葡萄酒。在我们的买卖里，我们都要非常有利的卖得比东西所值的价格还要高得多。我们就停留在这种习惯里，就是上帝和魔鬼也都没有法子把我们从这习惯里赶了出来。但是我要给您一个好劝告，一个好劝告就等于手中长了一只眼睛。我们的市镇里有一个从前的老银行家，我，我特别对他有深刻的信仰；如果您能够得到他的赞助的话，我也会参加。如果您的建议有真正的利益的话，如果我们都信服您的话，只要听到马尔加里迪斯的一句话和由他而引起我的一句话，芜夫莱的二十家富户都会打开他们的钱包，买您的膏药。”

听到疯子的名字，维尔尼埃夫人就仰起她的头，瞧了瞧她的丈夫。

“瞧，我想贱内刚刚好想要看看马尔加里迪斯夫人去，贱内得跟我们的一位街坊太太到她那里去。请您等一会儿，这些太太们会带您到那儿去。——你可以找方丹牛夫人去，”老染布工人一边说，一边给他妻子做了一个眼色。

说出这地方最善欢笑谑，最为风流，最喜欢轻侮的饶舌妇的名字，这难道不就是告诉维尔尼埃夫人，叫她来参观这一幕将要发生在旅行伙计和这位疯子之间的戏景，因而能够让全镇快乐一个月吗？维尔尼埃先生夫妇要得这么样的好把戏，高笛洒甚至于没有任何的怀疑，整个的堕进了这个陷阱。他风流潇洒的给维尔尼埃夫人伸出手臂，而在途中自信已经征服了两个贵夫人，他很聪明的给她们射去许多不容易了解的双关语。

所谓的银行家的房子就坐落在娇谷的开端。这所名叫隐庐的房子并没有什么值得注意的地方。地面层里有一间铺有花板的客厅，两头都有一间卧室，好好先生和他的妻子各占一间。人家是从当做饭厅用的通室走进客厅的，这通宝可以通到厨房。这地面层没有杜尔兰的谦卑的房子所特有的外观的华彩，上面盖有一些屋顶房，人家是从房子外面所筑的阶梯走上这些屋顶房的。阶梯是靠在屋彭上面，侧屋下面的。一个满充有金盏花，臭梧桐和蒴藋的花园就把住房和葡萄园分开。在庭院的四周就盖有许多开发葡萄所必要的建筑。

马尔加里迪斯坐在客厅窗口附近一张套有黄色榆特哈特绣锦的靠椅上。当他看见两位夫人和高笛洒进来的时候，他并不站立起来，他正在想售卖他的两桶葡萄酒。他是一个枯燥的男子，他那前面光秃后面盖有稀薄头发的头盖颇似一种梨状的结构。深陷的眼睛隐伏在粗黑的眉毛下面，他的鼻子就像是刀锋，他那突出的颚骨，他那深凹的两颊，他那长方形的线条，一直到他那长扁不齐的颌部为止，这一切的一切都使他的姿态产生出一种奇怪的气象，好像是一位老修词学教师或是一位拾破衣的人。

“马尔加里迪斯先生，”维尔尼埃夫人对他说，“好罢，请您动一动罢！这是我丈夫给您介绍的一位先生，您得用心听他说话。请您别在那里算数学啦，请您跟他谈谈罢。”

听了这几句话，疯子就站了起来，瞧了瞧高笛洒，给他做记号叫他坐下，对他说：

“咱们谈谈罢，先生。”

两位太太就到马尔加里迪斯夫人的卧室里去，让门开着，预备听见一切的话，因而能够在必要的时候出来干涉。她们好容易坐了下来，维尔尼埃先生就静悄悄的从葡萄园那边来，开了窗户，一声不响的进来。

“先生曾经办过事业吗？……”高笛洒说。

“公共事业，”马尔加里迪斯打断高笛洒的话，回答说。“在穆拉[1]王的时候，我曾经平定过卡拉布尔[2]”

“瞧，他现在到卡拉布尔去了！”维尔尼埃低声说。

“噢！那末，”高笛洒接着说，“我们一定会互相了解得很好。”

“我听您的，”马尔加里迪斯回答，他取了站好让画家绘画肖像的人的姿势。

“先生，”高笛洒一边说，一边触弄他的表锁，不断的，机械的，周期的转动它，好像疯子所常有的动作一样，这种动作也许可以使他保持镇静；“先生，如果您不是一个高士的话（这里，疯子点了点头），我就很高兴给您说明这事业的物质上的利益，关于这事业的心理上的动机是值得费工夫来给您解说的。请您听罢！在一切社会的富源之中，时间不是最宝贵的吗？节省时间，这不就是让自己发财吗？有没有什么东西可以在生命之中花费比为家中小事所花费的忧愁更多的时间呢？当您暂时穷苦而将要因为遗产致富的时候，您总要向人家要钱的有没有什么东西比没有给这些人保证还要侵吞您的时间呢？”

“要钱，我们就是要钱。”马尔加里迪斯说。

“好罢，先生，看到这些富有前途的人就这样的损失了极大的时间，结果就是损失了极大的智力，极大的生产活动，许多银行家和资本家就组织了一个公司，派我到外省里来。我们的意思就是要给这些人资本化他们的将来，给他们预先支用他们的才能，给他们预支什么呢？……时间！这我们已经说过了。我们而且还要给他们的承继人保证产业的价值。这已经不是节省时间的问题

① Murat 系拿破仑的妹夫，曾封为拿波尔国王。

② Calabre 系意大利北部的小国。

了，而是给他定下一个价格，给他计算利息，给他用金钱的数字来代表您认为是用理智得到的产物的价值，来代表您所有的精神的性质，这些性质，先生，就是活跃的力量，就好像是瀑布一样，就好像是三匹，十匹，二十匹，五十匹马力的汽机一般。啊！这是一个进步，一个向更好的方向前进的运动，我们这时代的活动所生的结果。当我们想到一种联合社会利益的更为合理的观念的时候，我可以给您证明这个。我要用最明显的例子来解释。我不要用最纯粹的抽象的推理，我们这些其他的人，我们就管这种推理叫做观念的数学。您不必当一位靠地租过活的地主，您是一个画家，一个音乐家，一个艺术家，一个诗人……”

“我是一个画家。”疯子好像加上一句插语似的说。

“好，是的，因为您懂得我的比喻，您是一个画家，您有一个美丽的前途，一个丰富的前途。但是我要再讲下去……”

听了这些话，疯子就不放心的端详了高笛洒，看看他到底是不是要出去，一直等到看见他还是坐在那里的时候，这才放心了。

“您什么都还不是，”高笛洒继续着说，“但是您却觉得……”

“我觉得。”疯子说。

“您对自己说：‘我，我要当部长。’好罢，您这画家，您这艺术家，您这文学家，您这未来的部长，您计算您的遗产的数目，您评定这些产业的价值，我想，您认为您的产业值得十万厄古……”

“那末，您给我带十万厄古来吗?”疯子说。

“是的，先生，您可以看得出来。或者是您死的时候您的承继人可以领取，因为这事业是约定给他们算账的，或者是您活的时候，用您的艺术工作，您的幸运的投机来领取。如果您投机失败的话，您还可以重振旗鼓。但是，正如我荣幸给您说的，一旦您定下了您的理智资本的数目，因为这是一种理智的资本，请您听明白这句话，理智的。”

“我懂得。”疯子说。

“您和经理处签一个保险的合同，经理处就承认有一笔十万厄古的款项，给您这画家……”

“我是画家。”疯子说。

“不，”高笛洒接着说，“给您这音乐家，给您这部长，而且约定要把这笔款付给您的家庭，付给您的承继人，如果因为您死去，您的遗产，您那基础在理智的投资之上家中小事要被推翻的话，保险费的付给就够得来巩固您的……”

“您的钱柜。”疯子打断说。

“当然啦，先生。我看出先生是内行人。”

“是的，”疯子说，“一七九八年我在巴黎福塞—孟马尔太街创办过土地银行。”

“因为，”高笛洒接着说，“为着付给每一个人都承认，都纳费的理智资本起见，一般参加保险的人不是得给一些保险费，百分之三，百分之三的年费吗？所以，只要付给一笔轻微的数目，一点儿钱，您就可以给您家庭保证您死之后的景况。”

“但是，我还活着哩。”疯子说。

“啊！如果您活得长！这就是最平常的反对的理由，最通俗的反对的理由，您懂得，如果我们没有预先见到这一点的话，我们也不配来干……干什么？我们到底是干什么的呀？是给理智的机关管账的人。先生，我不是为您而说这句话，但是我到处都碰到一些人，他们都认为懂得一些新事情，都给那些害怕一种企业的人说出他们的道理……我发誓，这是太坏的。但是世界就是这个样子的，我没有意思来改造它。您的反对，先生，是没有意义的……”

“啥？”马尔加里迪斯说。

“理由是这样的。如果您活着，您曾交过保险费，预防您的死亡的话，请您听下面的……”

“我听下面的。”

“好，您的企业就算是成功了！您就是因为这保险的契约才能够成功的；因为当人家发愁死后会把妻子家属扔在穷苦的境地里的时候，您却可以在消除一切的忧愁之中加倍您的成功的机会。如果您成功了的话，您就可以领出您的理智的资本，和资本相比较，这保险简直只是一笔小款，真正的小款，纯粹的小款。”

“真是好主意！”

“可不是吗，先生？”高笛洒接着说。“我管这个慈善的钱柜叫做抵抗穷苦的互相的保险！我……或是，如果您要的话，就叫他做才能的预支。因为才能是，先生，才能是自然赋给天才的一张汇票，而且是长期的汇票，呃！呃！”

“噢！真是高利贷！”马尔加里迪斯喊道。

“呃！好家伙！他真精明，这位好好先生。我上了当了，”高笛洒心里想，“我得用最高的思考，我的第一号的口才来征服这个人。——绝不是，绝不是，先生，”高笛洒大声的接着说，“在您这个……”

“您喝一杯酒吗？”马尔加里迪斯问。

“好，好。”高笛洒回答说。

“太太，请你给我们一瓶酒罢，我们还有两桶酒哩。——您是在这里芜夫莱的头领的家里，”好好先生指着他的葡萄园对高笛洒说，“这是马尔加里迪斯葡萄园！”

女仆端来几个杯子和一瓶一八一九年的葡萄酒。马尔加里迪斯非常贵重的斟了一杯，郑重其事的递给高笛洒。高笛洒接过一饮。

“可是您骗了我。先生，”旅行伙计说，“这是马特尔酒，真正的马特尔酒。”

“我的确相信这个，”疯子说，“芜夫莱酒的缺点就是不能够当做平常酒喝，也不能够当做饭中酒喝；这酒太醇，太强；所以，你们在巴黎就把它加上烧酒当做马特尔酒卖。我们的葡萄酒是太猛烈了，所以，当我们的收获不够好，芬兰人和比利时人不来买的时候，许多巴黎的商人都来买我们的酒，他们把巴黎附近的酒渗在里头，就说是保尔都酒。但是您现在所喝的，亲爱的可爱的先生，是国王的酒，芜夫莱的头领的酒。我有两桶，也只有两桶。那些喜欢好酒，喜欢在桌上拿出店里买不到的上等酒的人，好像巴黎几家自傲有美酒的店铺一样，他们都是由我们直接供给的。您认识什么人要？……”

“咱们再谈咱们的事情罢。”高笛洒说。

“好，咱们就谈罢，先生，”疯子接着说，“我的酒是基本的，‘基本’和‘资本’在语源学上是有关系的；您说资本……哈，不是吗？‘根本’，头！芜夫莱的头领，这一切都说得通……”

“所以，”高笛洒说，“或者就说您已经变卖了您的理智资本了……”

“我变卖了，先生。那末，您要我的两桶吗？我可以商量商量我们的条件。”

“不，”闻人高笛洒说，“我是说理智资本和生命的保险。我重新解释我的理由。”

疯子平静了，歇了一会儿，瞧着高笛洒。

“我说，先生，如果您死了的话，您的资本就可以毫无困难的付给您的家属。”

“毫无困难的。”

“是的，只要不是自杀……”

“一桩可以引起争论的事情。”

“不，先生。您知道，自杀是容易证明的一桩事儿。”

“在法兰西，是的，”疯子说，“但是……”

“但是在外国吗？”高笛洒说，“好，先生，为着结束这一点起见，我要告诉您简简单单的死在外国或是死在战场上是在外的……”

“那末，您还保什么险呢？……什么也不保！”马尔加里迪斯说，“我的土地银行就建立在……”

“什么也不保吗，先生？……”高笛洒打断好好先生的话，喊道，“什么也不保吗？……生病，苦楚，贫穷，嗜好，都不保吗？我们别老谈到例外的情形啦。”

“不，我们别走到这些情形里边去。”疯子说。

“这事业有什么结果呢？”高笛洒接着说。“银行家，我要清清楚楚的给您计算您的利益。一个人生在世上，他有一个前途，他穿得好，他靠他的艺术生活，他需要金钱，他要求金钱……可是什么也没有。整个的文化都要拒绝给这个用思想来统治文化，将来也总有一天用笔锋，用剪刀，用语言，用主义，用系统来统治文化的人拿出钱来。真是残酷的文化啊！他没有面包拿给那些让他奢华的伟人；他只给他们凌辱和笑谑，这镀金的铁块！……这句话说得太重了，但是我不否认这句话的意义。这位没有被人赏识的伟人就到我们这里来，我们称赞他是伟人，我们尊敬他，我们听他说话，他就对我们说：‘诸位资本保险公司的先生们，我的生命值多少钱；从我的生产里，我要给您缴纳多少分的保险费！……’好，我们怎么办呢？……我们并没有妒忌，就立刻请他来享受文化的最丰富的宴席，把他当做上宾看待……”

“那末，就得有美酒了。”疯子说。

“……当做上宾来看待。他签了合同，拿了我们的纸据，这是些破纸，不值钱的纸张，然而这却比他的天才更有力量。事实上，如果他需要钱的话，一切的人看见到他的合同都会借钱给他。在

疯子镇静了下来，歇了一口气，瞧着高笛洒。

交易所方面，在银行方面，到处甚至于在放高利贷的人家里，他也可以找到钱，因为他可以拿出保证。哎，先生，这不是这社会的制度里一个值得填满的空隙吗？但是先生，这不过是人寿保险公司的一部分的企业罢了。我们用其他保险费的办法来给债务人保险。我们给他们养老金，这利率是依据年龄而逐渐增加的，这要比一向只是依据大家所公认的错误的死亡率来付款的储蓄会好得多了。我们的公司要向民众进行，养老金的办法用不着害怕那些他们已经为自己忧愁而要使他们的老年悲痛的思想；当一个特殊的事情取走了他们的养老金的时候，这些思想必定会找他们来的。您看得出来，先生，我们是从各方面来计算生命的……”

“各方面都被吸取，”好好先生说，“可是，请您喝一杯酒罢，您一定觉得它不错。如果您要好好的接待您的嘴的话，您就得给胃里装些美味。先生，陈年的芜夫莱葡萄酒，这是真正的美味。”

“您对这个有什么意见呢？”高笛洒一边说，一边喝完这杯酒。

“这是很好的，很新颖的，很有用的，但是我更愿意依据土地的价值给人家预付借款，好像福塞—孟马尔太街我的银行所做的似的。”

“您有道理，太有道理了，先生，”高笛洒回答说，“但是，这是给了钱，又拿回钱，做出一桩买卖，又往回抽。我们现在的抵押局依照土地的价值借款，大量的让人赎回。但是，跟这巩固遗产的办法相比较，简直是小巫见大巫！巩固遗产，从财政的观点来说，巩固每一个人的财产的欲望，给他保证这财产的实现！这得有我们的时代，先生，这过渡的时代，这过渡的同时又是进步的时代！”

“是的，先生，”疯子说，“我喜欢进步，特别是可以使葡萄得到好景象的进步……”

“《景象》！”高笛洒没有听马尔加里迪斯的整句话，就接着说，

“《景象》，先生，这是一种坏报纸！如果您看这种报纸的话，我就要埋怨您……”

“报纸？”马尔加里迪斯说，“我的确相信，我有看报纸的嗜好。——太太！太太！报纸在哪儿呀？”他转过身来，朝着卧室，喊道。

“好，先生，如果您喜欢看报的话，我们是天生可以谈论报纸的。”

“是的，但是在谈论报纸之前，请您告诉我您觉得这酒怎么样……”

“真美。”高笛洒说。

“好罢，咱们两个人喝完这瓶酒罢。”

疯子给自己的杯子斟了两指头高的酒，又斟满了高笛洒的杯子。

“好，先生，我有两桶这种酒。如果您觉得这酒好，而愿意要的话！……”

“真正好，”高笛洒说，“相信圣西门的教义的神父们托过我给他们送些货去……但是，咱们无妨谈谈他们的伟大的好报纸罢。您懂得资本的保险事业，您一定会帮我忙，使这事业在你们县里成功……”

“我很愿意，”马尔加里迪斯说，“如果……”

“我懂得，如果我买了您的酒的话。可是，您的酒太好了，您的酒，先生，它是钻心的。”

“人家拿它冒充香槟酒，有一位巴黎人，一个先生来这里，杜尔，来做的。”

“我相信，先生。我们已经听见人家谈论的《地球》……”

“我常常巡阅过。”马尔加里迪斯说。

“我相信一定的，”高笛洒说。“先生，您的脑筋真强，您有这些先生们所说的‘马脑袋’的大头脑；一切伟人的脑袋里都有马一般的力量。人家可以是一个天才，然而却碌碌无闻的活着。用一切的方法而仍然不能够发达，这是一种笑话，然而却是常有的事。不过伟大的圣西门和维戈先生就不是这种情形了。维戈先生是个坚强的人，他已经开始露出头角。他弄得真不错！维戈！我很满意这个。这里，我们就得讲到关于人道主义的理论和他的新的方式了。请您注意，先生……”

“我注意。”疯子说。

“人类互相开发的丑剧应当停止了，先生，尤其当基督——我不说耶稣—基督，我说基督——来宣称一切人类在上帝面前都平等的时候。但是，一直到现在为止，这种平等不是最可叹息的妄想吗？其实，圣西门就是补助基督的人。基督已经不合时了。”

“那末，他已经自由了吗？”马尔加里迪斯说。

“他就和自由主义一样的不合时。现在有一些更有力量的东西在我们的前头，这就是新的信仰，这就是个人的自由的生产，一种可以使每一个人依据他的工作得到平衡的社会的报酬，不应当由一些叫一切的人为他一个人的利益而工作的没有能力的人来发开的社会制度。从这一点说起，主义……”

“您要让仆人做些什么呢？”马尔加里迪斯问。

“如果他们只有当仆人的能力的话，先生，他们就还得当仆人。”

“那末，这主义有什么好处呢？”

“噢！要判断这主义，先生，您就得站在很高的观点上，您可以从那里清清楚楚的看到人类的一般的情形。这里我们就谈到巴兰慈[①]了。您知道巴兰慈吗？”

---

① Ballanche是十八十九世纪的一位神秘的作家，著有《社会再生论》。

“我们就只做些这个！”疯子说，他把巴兰慈听做“拔嫩菜”。

“好，”高笛洒接着说，“那末，如果精神化的《地球》所不断鼓吹的再生的变化的景象感动了您，推动了您，激动了您的话！好，亲爱的先生，《地球》（这名字就很清楚的表现出这个使命），《地球》就是要每天早晨给您解释世界的政治伦理的变化在最短的时候之中所要完成的新的景象的通讯员。”

“啥？”好好先生说。

“我可以用图画来做比喻，让您懂得这道理，”高笛洒接着说。“如果孩子们，我们的侍婢们让我们想到大天使，我们这些老头儿不是得有一些关于将来的图像吗？这些先生们……”

“他们也喝酒吗？”

“喝，先生。我可以说，他们的房子是盖在最好的基础上，先知的基础上！优雅的沙龙，一切的高等社会，丰富的接待。”

“那末，”疯子说，“拆房子的工人是和盖房子的工人同样需要喝酒了。”

“特别是，先生，好像《地球》的宣传家一样一只手拆房子一只手盖房子的时候。”

“那末，他们得有美酒，得有芜夫莱的美酒，我所剩下的两桶酒，一共有三百瓶，一百佛郎，太便宜了。”

“一瓶多少钱呢！”高笛洒一边说，一边计算，“咱们瞧！这里有运费，有进口税，我们还用不到七苏；这一定是个好买卖。他们买一切其他的酒都比这个贵。（好，我真是抓住这个人了。——高笛洒对自己说——你要把我所需要的酒卖给我，我可以控制你了。）——那末先生，”他接着说，“辩论的人都是差不多要互相了解的。咱们干脆的说罢，您对贵县有大影响吗？”

“我相信，”疯子说，“我们是芜夫莱的头领。”

“那末，您完全明白理智资本的事情吗？”

“完全明白。”

“您都测量过《地球》的范围吗?”

“做过两次……步行的。”

高笛洒没有听清楚，因为他脑子里在思索，他是拿确信要胜利的人的资格来听自己说话的。

“所以，看到您现在的情形，我懂得您这年龄没有什么可保险的。可是，先生，您可以叫贵县那些或是因为个人的产业或是因为家庭的地位的危险而要得幸运的人来参加保险。所以，订了一份《地球》，用您在贵县的声望来给我帮忙，投资养老金，因为外省人都喜欢有养老金，那末，我们就可以互相了解，讨论您的两桶酒了。您订《地球》吗?”

“我在地球上走路。”

“您要在贵县有声望的人身边支持我吗?”

“我支持……”

“那末……”

“那末，我……可是，您订《地球》吗?”

“《地球》，这是好报纸，”疯子说，“这是终身的杂志。”

“终身的杂志吗，先生? ……可不是吗，您说得对，它是富有生命，富有力量，富有知识，富有科学的杂志，纸张好印刷好，颜色好，又结实。啊! 这并不是什么粗制的东西，什么没有趣味的东西，什么轻浮的东西，什么经不起一瞧就破了的粗丝；这是深刻的，是一些可以让人家空闲的时候细加思索的推理，可以使人家在乡下僻静的地方消遣时间的东西。”

“这行。”疯子说。

“《地球》费不了多少钱，八十佛郎。”

“这可不行了。”好好先生说。

“先生，您一定有小孩子罢?”

“很多的。”马尔加里迪斯说，他把“您有”听做“您爱”。

“好，《孩子报》每年七佛郎。”

“买我的两桶酒，我给您订些《孩子》，这行，真是好主意。《孩子》是理智的开发吗？……不是用人来开发人吗，哈？”

“您说定了，先生。”高笛洒说。

“我说定了。”

“你同意领导我在贵县进行吗？”

“在敝县。”

“您赞成我吗？”

“我赞成。”

“好罢，先生，我就买您的两桶酒罢，一百佛郎……”

“不，不，一百一。”

“先生，一百一就一百一罢，但是，一百一就得帮忙我进行主义，一百才算是我买的。我给您做一笔买卖，您得给我抽头。”

“给他们报销一百二。”

“说得好双关语。这不但是有力量的双关语，而且是伶俐咄人的。”

“不，是容易醉人的，先生。”

“越说越有力量，好像在尼可勒家里似的。”

“我就是这个样子的，”疯子说，“请您来瞧我的葡萄园罢。”

“造成，”高笛洒说，“这酒到了脑筋里来了。”

于是，闻人高笛洒就和马尔加里迪斯先生一同出去。马尔加里迪斯带着高笛洒在他的葡萄园里走过一条一条的葡萄压条，一条一条的葡萄根。两位太太和维尔尼埃先生看着旅行伙计和疯子指手画脚的讨论，站住了，又举步，火炽的谈话，渐渐的走远了，也就能够自由的发笑了。

“这位好好先生怎么能够给我们带走了他呢？”维尔尼埃说。

然后，马尔加里迪斯又和旅行家一同快步的回来，好像忙于结束一桩事情似的。

“嘿，这好好先生居然打中了巴黎人！……”维尔尼埃先生说。

事实上，闻人高笛洒就在牌桌的一头开了一张请求送交两桶葡萄酒的单据，这使好好先生大为快乐。随后，看了旅行家的单据之后，马尔加里迪斯先生就拿出七佛郎，作为《孩子报》的订费。

“明天见，先生，”高笛洒一边转动表锁，一边说，“明天我可以来买。您可以把酒直接送到巴黎我所给您开的地址去，您也可以叫人家跟着去取钱。”

高笛洒是诺曼地人，他的一切契约都是要双方面的：他要马尔加里迪斯也给他签一张单据。马尔加里迪斯太高兴了，正如一位满意一种偏爱的思念的疯子都要这么高兴似的，他就签了一张单据，答应送交两桶马尔加里迪斯葡萄园的葡萄酒。闻人高笛洒就走了出来，一边快乐得只管跳一边嘴里不清不楚的唱着：“海上的霸王不会饶了你！”[①] 一直走到金太阳旅舍。在那里，因为还得等着吃晚饭，他就自然而然的和店家攀谈了起来。米杜福勒是个老军人，他和乡下人一般的粗鲁而狡猾，但是他却并不因为笑谑而发笑，原来他是一个惯于听教义而用武器来笑谑的人。

“你们这里的人真是好利害呀！”高笛洒靠在门框上，在米杜福勒的烟斗上点了自己的雪茄，对他说。

“您这句话是什么意思呢？”米杜福勒问。

“这些人都清楚知道政治上和财政上的思想。”

① 这是由乌柏尔（Auber）配乐的著名的歌剧《波尔迪齐的哑姑娘》（La Muette de Portici）的一句。

“那末，您是从谁家里来的，这样的谦逊?”旅馆主人天真的问，非常巧妙的双唇之间吐痰，正如抽烟的人常常周期的吐出痰液一样。

“从一位又勇敢又善谋的马尔加里迪斯家里来的。”

米杜福勒接连的投去两道他所惯有的冷讥的眼色。

“真的，这位好好先生知道得远，在别人看来，他未免知道得太多了，别人总是不能够懂得他……”

“我相信，他很彻底的了解财政上的最高的问题。”

“是的，”旅馆主人说，“所以，在我看来，我总抱歉他是疯子。”

“怎么，疯子吗?”

“疯子，就像疯子一般的疯子，就像人家发疯的时候一样的发疯。”米杜福勒重复的说，“但是他并不是危险的，他的太太看守着他。所以，你们还彼此了解罢?”不顾情面的米杜福勒非常冷静的说。

“胡闹!”高笛洒喊道，“真是胡闹！那末，是您的维尔尼埃先生给我开玩笑吗?”

“是他叫您去吗?”米杜福勒问。

“是啊。”

“太太，”旅馆主人叫着，“请你听！维尔尼埃先生没有意思把先生送到马尔加里迪斯好好先生家里去吗?”

“因为他是疯子，”旅馆女主人问，“那末，你们两个人能够谈些什么话呢，亲爱的先生?”

“他卖我两桶酒。”

“您也就买了吗?”

“是呀。”

“但是，要卖酒，这正是他的疯狂，他并没有酒。”

“好，”旅行家说，“我要先去谢谢维尔尼埃先生去。”

高笛洒就非常愤怒的到从前的染布工人家里去，在客厅里找到他，看见他正跟邻居们发笑，因为他已经对他们述过这故事。

“先生，”旅行伙计大王一边说，一边给他投去几道发火的眼色，“您真是滑稽，真是放肆，我把监狱人看得还不如囚犯，您得受罚来当我的最后一个监狱人，因为您得赔偿我您刚刚让我和一个您清楚知道是疯子的人发生关系的侮辱。听懂了没有，维尔尼埃染布工人先生？”

这是高笛洒所预备的一篇演辞，就好像戏子预备他的开场白一样。

“怎么！”维尔尼埃说，他看见有邻居在座也就壮了胆，“您以为我们没有权利来给一位耀武扬威的到芜夫莱来问我们投资，说我们是伟人，是画家，是诗人，要不费一文钱而把我们弄成一文莫名，到处漂泊，无家可归的人开开玩笑吗！我们，我们这些做家长的人，我们为什么得受这个呢？一个来给我们提议订阅《地球》的坏蛋。这报纸宣传一种教义，依据这教义，上帝的第一个命令，如果您愿意这么说的话，就是叫人家不要承继父母！我最神圣的发誓，马尔加里迪斯老伯所说的话是最有道理的。何况，您有什么可埋怨的呢？你们两个人彼此了解得很不错，先生。这些先生可以给您证明您对县里的人都谈过之后，人家就不会这样的了解您。”

“这都好像说得很有道理似的，但是我认为我受了侮辱，先生，您得赔偿。”

“好罢，先生，如果您觉得合适的话，我也就认为您受了侮辱罢，但是我不能够给您赔偿，因为在这一类的事情里并有有什么偿可赔的。他真是滑稽！”

听了这句话，高笛洒就向染布工人身上冲了上去，要打他一个嘴巴；但是几位小心的芜夫莱人就投身过来，跑到他们的中间，因此，高笛洒也只能够打到染布工人的假发，这假发也就落在维尔尼埃·克礼尔夫人的头上。

“如果您不满意的话，”他说，“先生，一直到明天早上为止，我都住在金太阳旅舍里；您可以到那里去找我去，我是便着给您解释什么叫做‘赔偿侮辱’的！七月革命的时候，我曾经打过仗的，先生。”

“好罢，您还得在芜夫莱打仗，”染布工人回答说，“您也还得住在这里比您所想的还要长久的时间。”

高笛洒走出去了，心里解释这句回答，认为有许多凶恶的预兆。平生第一次，旅行家不痛快的吃饭。芜夫莱全镇都因为高笛洒和维尔尼埃先生的冲突而激动着。在这和善的国度里，从来就没有过决斗。

“米杜福勒先生，我明天得跟维尔尼埃先生决斗；这里我不认识别人，您要不要当我的决斗证人呢？”高笛洒对旅馆主人说。

“可以的。”旅馆主人回答说。

高笛洒好容易吃完了饭，方丹牛夫人和芜夫莱的副市长就到金太阳旅舍来，拉走了米杜福勒，告诉他说如果出了命案，县里是要如何的悲痛；他们给他描写善良的维尔尼埃夫人的情况是如何的危险，叫他帮忙来调停这桩事，让这地方不至于丢脸。

“我负责办这桩事儿。”狡猾的旅馆主人说。

晚上，米杜福勒带了笔墨和纸到旅行家房子上面来。

“您给我带什么东西来呢？”高笛洒问。

“您明天不是要决斗吗？”米杜福勒说，“我想您总有一些闲工夫来预备一些小事情，能够写点东西，因为我们总有一些亲爱的人儿。噢！杀不得。您的武器强吗，您要不要练练手？我有几把剑。”

高笛洒朝着染布工人奔去，想要打他一个耳光。

“好，好。”

米杜福勒带一些剑和两只面具回来。

“咱们瞧!”

旅馆主人和旅行家两个人都站在岗位上；米杜福勒是从前的卫兵队剑术教官，他给高笛洒突然刺了六十八下，撞倒了他，逼他退到墙上。

“好家伙！您的剑术真强。”气喘的高笛洒说。

“维尔尼埃先生比我还强哩。”

“好家伙！好家伙！我只好用手枪决斗了。”

“我也劝您这个，因为，您瞧，拿着骑兵放在马鞍里的大手枪，把炸药一直装到口上，人家就没有什么危险了。手枪打出去会因为颤动走迂路的，每一个人也都会很体面的退回去。让我来安排这个！嘿！真是，两位好人因为小事情来相杀，这未免太傻了。”

“您的确相信手枪打出来的迂路够斜吗？总之，如果杀死了这个人，我一定会抱歉的，”高笛洒说。

“请您放心睡觉罢。”

第二天早晨，两个对手有点脸色发灰的到石士桥下碰面去。勇敢的维尔尼埃几乎杀死了在离他十步远的路旁吃草的母牛。

“噢！您空打了!”高笛洒喊道。

说了这句话，两位仇人就互相抱吻了。

“先生，”旅行家说，“您开玩笑开得不错，但是未免太凶了。我抱歉骂过您，我控制不住我自己；我认为您是个体面人。”

“我可以给您弄到二十家《孩子报》的订户，”脸上还很苍白的维尔尼埃答辩说。

“这样的话，”高笛洒说，“我们为什么不一块儿吃早饭呢？决斗的仇人不是更容易彼此了解吗?”

两位对头到石士桥下碰面。

“米杜福勒先生，”高笛酒回到旅馆，说，“你们这里一定有个执达吏罢?”

“您为什么问这个呢?”

“呃！我要给亲爱的小马尔加里迪斯先生送一封召唤状去，叫他借给我两桶他的葡萄园所出产的酒。”

“可是，他并这有这两桶酒。”

“好罢，先生，叫他拿二十佛郎赔偿费来，事情总会了结的。我不愿意人家说你们这镇上曾经给闻人高笛酒拔过一根毛。”

马尔加里迪斯夫人生怕对方会打赢官司，她就给仁慈的旅行伙计带二十佛郎来，免得跟他在法兰西一个最为快乐而最不愿意接受新思想的县分里打交代。

从南国各地区回来的时候，闻人高笛酒坐在拉飞特与卡伊亚尔邮车公司的轿式马车的第一个座位里。他的身边是个年青人。走过安古莲之后，他就得意洋洋的对这位青年解释人生的神秘，无疑的，他把这青年看做是孩子。

到达芜夫莱的时候，年青人喊道：

“这真是一个好去处!”

“是的，先生，”高笛酒说，“但是这地方是住不得的，因为居民坏。这里每天都有人决斗。您瞧，三个月之前，我就在那里，”他指着石士桥说，“跟一位坏染布工人用手枪决斗过；但是……我钓上了他！……”

一八三三年十一月于巴黎

# 玛拉娜母女

**献　　给**

麦尔冷伯爵夫人

# 一　玛拉娜

尽管苏赤元帅怎么样的训练他的军队纪律，他都不能够阻止攻克达拉冈的时候最初一段时间的骚扰。根据几个可靠军人的说法，这种因为胜利而生的疯狂非常类似抢掠，然而元帅却懂得立刻加以镇压。秩序恢复了，队伍驻扎停当了，指挥官任命了，军管区的行政人员也就到来了。城里于是就呈现出一种混杂的姿容。人家虽然在那里完全依凭法兰西的方式来组织行政机构，然而却让西班牙人暗地里自由保持他们的本国风俗。这最初一段时间的抢掠，很难规定清楚到底继续了多少时候，它和一切人世的事情一样，也有一个容易揭破的原因。元帅的军队里有一个联队几乎全是意大利人，由一个名叫欧贞的上校指挥。欧贞上校是个十分勇敢的军官，可以称为穆拉第二①，因为太晚参加作战，既没有受封为柏格公爵，没有领有拿波尔王国，也没有在毕楚饮弹身亡。如果他没有得到封爵的话，他的地位却很容易让他饮弹，要是他身上中了不只一个子弹，这也是不足为奇的。这一联队是由意大利军的残部编成的。意大利军

① Murat是拿破仑的名将，一八〇八年受封为拿波尔王，一八一五年于毕楚（Pizzo）被盟军所俘，并被枪决处死。

之在意大利就像殖民地人民所组成的军队之在法兰西。它在厄尔巴岛的驻防让那些担心没有前途的家庭子弟和社会预先加以烙印而管叫做坏蛋的无所成就的伟人得到威严的出路。这些人都是大部分人所不了解的，他们的生活可以由一个女人的微笑而拔出旧辙，变得鲜艳，也可以在狂饮之后，由于酒肉朋友的恶意讥讽而变成可怕的。所以，拿破仑就把这些生力军编在他的第六联队里，希望能够把他们都改造成将军，除了那些不幸成了炮灰的人之外。但是皇帝的计算只在死神的蹂躏方面完全正确。虽然这一联队常有死亡，可是情形总是一样的，它在军事价值方面总有一个崇高的名声，而在一切私人生活方面却得到一个最苛刻的恶评。围攻达拉冈的时候，意大利人损失了他们的著名上尉毕安期。毕安期就是在会战时打赌要吃一个西班牙守兵的心脏而居然吃了这心脏的家伙。（这种军队驻扎临时营幕时所有的行乐举动我们也在别的地方——“巴黎生活之场景”——加以叙述，我们可以在那里所述的第六联队的事迹里找到一些详细的记载来证实这里所说的一切[①]。）虽然毕安期是这一联队得以加倍闻名的一些下凡魔鬼的领袖，他却享有一种武士道的声望。这种声望在军队里可以叫人原谅最残暴的举动。总之一句话，要是在另一个世纪，他说不定就是一个令人敬佩的大盗。几天之前，他曾经做了一桩惊人的事情，元帅甚至于都要感谢他。毕安期拒绝升官，拒绝加薪，拒绝新的勋章，他所要求的一切补偿就是让他第一个人突击达拉冈。元帅答应他的要求，然而却忘记了自己的许诺；但是毕安期就让元帅记住毕安期。疯狂的上尉第一个人把法兰西的旗插在城上，而让一个修道士给杀死了。

① “巴黎生活之场景”里并没有这篇故事，这故事其实是集在一八三二年巴黎所出版的《棕色的故事》里，题目是：“十一点至午夜之间的谈话”。

这一段题外的叙述是必要的，它可以解释第六联队怎么样的进入达拉冈，为什么强力占领下所常发生的混乱情形就这样迅速的化为轻微的抢掠。

这一联队有二个在这些英雄里比较不大出众的军官，然而他们在这篇小说里却因为故事的穿插而扮演相当重要的角色。

第一个是军服科长，半文半武的上尉，依据军队的语言来说，他是干勾当的。他自诩勇敢，在社会上吹嘘自己是属于第六联队的，懂得翘起胡髭，装做等待冲撞的神气；但是他的兄弟们却不作兴他。他的财产使他变成了一个谨慎的人。人家因为两个理由给他加上一个绰号，管他叫做“乌鸦上尉”。第一，他在一法里之外闻到火药味就飞也似的跑走，去躲避枪弹；第二，这绰号还包含有一个天真的军人俚语的双关意义，这意义是他所配得上的，如果是另外一个人的话，这绰号甚至于都可以使他光荣。孟特飞奥尔上尉是米兰的世家孟特飞奥尔的后裔，不过意大利王国的法律不允许他带上他的衔头罢了；他是军队里最漂亮的一个青年。面貌的美丽可能是他在会战期间采取谨慎作风的另外一个原因。受到一次伤就可能使他的鼻子变形，就可能切破他的额头，损害他的面颊，毁坏女人梦想不到其幽雅的一个意大利最美丽的脸孔。他的面貌相当近似给基罗特的《开罗革命图》供应一个阵亡的土耳其青年的相貌的典范，是一副几乎可以随便愚惑女人的哀怨脸孔。孟特飞奥尔侯爵有一些限嗣继承的产业，他把他的一切地租都预先收了好几年，拿钱来维持逃亡在巴黎的那些无法生存的意大利人。他因为支持一间米兰的戏院，要强制群众去敬仰一个笨拙的歌女而毁了；据他说，这个歌女发疯的爱他。所以，孟特飞奥尔上尉的前途是很美丽的，他并不希望拿这前途来赌一条恶劣的红绶带。如果他不是一个勇士，至少他是一个哲学家，他而且有许多前例，如果我们可以在这里引用国会的语言的话。圣甘当会战的时候，腓力蒲二世不是发过誓除了火刑场之外都不要靠近别的火光吗？阿尔伯公爵不是想过世界上最赔本的买卖就是不得已拿公爵冠去换一颗子弹吗？所以，孟特飞奥尔在侯爵的身份方面是个腓力蒲主义者，在美男子的资格方面也是一个腓力蒲主义者，总之，他也能够做到腓力蒲二世所能做到的同样深刻的政治家。他一想到他的同伍伙伴都是一些无赖，他们的意见总有一天变成毫无价值（如果他们居然能够在这次歼灭战之后还存在的话），他就觉得这个绰号和伙伴们的轻视也没有什么关系了。何况他的面貌就是一张价值的执照呢。他很有把握看着自己会有一天当上校，或是依靠哪一位贵妇人的恩宠，或是凭着哪一种变化，使他从军服科长变成传令官，再由传令官变成哪一位和蔼的元帅的递信员。在他看来，所谓光荣只是简简单单的服装问题。于是，总有一天，我也不知道哪一家报纸说到他的时候就要管他叫做“勇敢的孟特飞奥尔上校”等等。于是，他就可以拥有十万厄古的年收，他就可以娶上一位高等地位的妻室，谁也不敢否认他的勇敢，或设法证明他到底是不是受过伤。此外，孟特飞奥尔上尉还有一个朋友，就是一个生长在尼斯近郊的普鲁凡斯人，军需官笛雅尔。

无论是在监狱里，或是在艺术家的屋顶楼里，一个朋友总可以安慰许多苦痛。孟特飞奥尔和笛雅尔是两个互相拿恶习来安慰生活的哲学家，仿佛两个艺术家拿希望的光荣来镇压生活的苦恼似的。两个人都只看到战争的结果，不注意战争的行为，他们都认为战死的勇士是傻子。他们本来应该坐在一个会议场的绿色毡的周边，然而偶然的事故却使他们当了兵。命运把孟特飞奥尔投入李齐乌[①]的模型里，把笛雅尔投入外交家的冶炉里。两个人都有这种热烈的、动摇的、半女性的品格，都同样的能够做好做坏，都可以随着怪癖由这性格发出一个恶行或是一个仁慈的举动，一个伟大心灵的行为或是一个懈怠的动作。他们的命运随时都是依凭暂时的剧烈感情对于他们的神经系统给加上的多少带有强烈性的压迫。笛雅尔是个相当能干的会计师，但是任何一个兵士都没有把钱包或是遗嘱交托给他，这也许是因为军人们对于官僚都有一种仇恨的结果。军需官并不缺乏勇气，也不缺少青年人的慷慨，这是某些多费脑筋或是多计算的人衰老时渐渐减少了的情绪。跟一位金栗色的女郎的美丽似的无常，笛雅尔而且是个喜欢自夸，喜欢谈天，闲谈一切的人。他自称为艺术家，并且学着两位名将的派头搜集许多艺术品，据他说，完全为的是避免这些艺术品的失传。他的伙伴们都很难对他加以正确的评断。其中有许多人常常随着境遇请求过他的接济，他们就相信他有钱；然而他却是一个赌徒，赌徒们都没有自己的财产。他和孟特飞奥尔都一样的好赌，军官们也就常常跟他们一块儿赌博：因为我们不难看见在赌场之外彼此不相尊敬，不相称扬的人：围绕着同一个赌桌旁边，这实在是人类的一个耻辱。在打赌吃西班牙守兵的心脏的时候，孟特飞奥尔正好是毕安期的对手。

攻城的时候，孟特飞奥尔和笛雅尔都躲在最后一条线上，但是城陷之后，他们却在市中心站在最前线。混乱的时候发生了许多偶然的事故，只有这两个朋友还保持着他们的习惯。他们互相支持，勇敢的走进许多又窄又黑的小街道，各干各的勾当，一个寻觅圣母的画像，一个追求活的圣母。我也不知道到底是达拉冈

① Rizzio 是意大利的音乐家，Marie Stuart 的情人，苏格兰王后的第二个丈夫。

的什么地方，笛雅尔从长廊的建筑里认得是一所被人强制打开院门的修道院，他就跳了进去，到那里去阻止兵士们的胡闹。他来得正是时候，因为他阻止了两个巴黎人，不让他们朝着阿尔班的《圣母图》射击，他从他们手里买下了这张图画，虽然这两个兵士已经用军人的想象力在《圣母图》上给圣母添画了一副胡髭。孟特飞奥尔一个人留下，他看见修道院对面有一间毛布商人的房子。正当他自上至下端详着这间房子而被一个在帘角探出头来的好奇少女给他交换的吓人眼色所止住的时候，一颗子弹就从这房子里向他射来。被攻陷的达拉冈，愤怒的达拉冈，一切的窗口都在开枪；混乱的达拉冈扳着头发，半裸着身子，它那火热沸腾的街道波涛似的涌着被杀或杀人的法兰西兵士，这达拉冈实在值得一看，值得一个大胆的西班牙女郎来瞧它一眼。这难道不是大规模的斗牛吗？孟特飞奥尔忘记了抢掠。他一会儿听不见叫喊、枪声和炮响。这位西班牙女郎的侧面是他所神圣看到的最甘美的东西，他，他这个意大利的浪子，他这个厌腻意大利女郎，厌腻妇女而只梦想着一个不可能得到的女郎的人，因为他已经厌腻了其他的女人。他还能够神经紧张发抖，他这个放荡的孩子，他这个曾经浪费财产去实现万千疯狂，万千年轻人的嗜好的人，他这个未老先衰的青年；他实在是我们的社会所能产生的一个最可怕的怪物。他的脑海忽然涌上了一条妙计，这无疑的是爱国商人的枪声给他感应的：这条妙计就是要放火烧房。但是他只有一个人，没有行动的工具；战斗的中心是在一块大广场上，那里还有一些顽敌继续抵抗。于是他又忽然想出一条更奇妙的计策。笛雅尔走出了修道院；孟特飞奥尔没有告诉他任何一句关于这个发现的话，跟他一块儿在城里跑了好多地方。但是，第二天，这个意大利上尉就以军管的方式住在毛布商人的 房子里。这难道不是天生让军服科长居留的住宅吗？

这位善良的西班牙人的房屋，它的地面楼是由一间 广阔的漆黑铺面房组成的，外面由粗大的铁棍保护着，就像巴黎郎巴尔街的老商店似的。这铺面房通到一间会客室，会客室的光线是由内院透进来的。这会客室是一间宽阔的房屋，整个的吐露着中世纪的气象：烟熏黑了的老图画，老地毡，古火盆，挂在螺丝钉上的插羽毛的帽子，游击队的步枪和巴尔多罗①的外套。厨房就接连上这会客室。这个会客室是唯一让人家在内吃饭，借着炭火的弱光去取暖，抽着雪茄烟，用演说来激动仇恨去攻击法兰西人的房间。一些银制的水壶和珍贵的碗碟用古代的方式装饰了一个碗橱。但是吝啬的阳光却只让晶亮的物品发出微弱的光芒；正如荷兰学派的图画似的，这里的一切都变成了棕色的，甚至于活人的面孔。在铺面房和这一间这样美丽淳朴的会客室之间就有一条相当黑暗的楼梯，通到一间货房，人家就在那里巧妙应用阳光来让人查察布料。货房上面就是商人夫妇居住的公寓。学徒和一个女仆的住所就安排在突向街道伸展的屋瓦底下的一间屋顶楼里。这屋瓦又由一些半弓形支柱给支持着，使这住所显得奇形怪状。但是他们的房间却被商人夫妇占住了，因为商人夫妇把自己的公寓让给军官，无疑的为的是要避免一切争吵。

孟特飞奥尔自称本来是一个西班牙人，只因为受到拿破仑的迫害而被拿破仑利用来做违反意志的事情。这半真半假的撒谎倒产生了他所期待的成功。主人邀请他去分享家庭的餐食，好像他的家姓，他的血统和衔头都值得受人招待似的。孟特飞奥尔有他的原因去骗取商人的欢迎：他嗅到了他的圣母，仿佛古代吃儿童的魔鬼嗅到小卜西和他的弟弟们的鲜肉味似的。无论他怎么样的

---

① Bartholo是包马赤（Beaumarchais）喜剧中的人物，世人以之代表因妒杀人的人物。

叫毛布商人信任他，毛布商人总是严格保守这个圣母的秘密；上尉不但没有在居住这老实的西班牙人的房子的第一天看到这个少女的任何迹象，而且也不能够听到任何的声息，得到任何的端倪，可以给他揭示她是在这间旧房子里。这所房子的全部都是木头盖成的，在它的一切地板之间所有的声音都可以非常清楚的听到，孟特飞奥尔因此就在夜阑初静的时候希望能够揣测这个陌生少女的隐藏地点。他理想这个少女是这两位老年人的独生女，他相信老夫妇一定把她藏在屋顶楼里，因为在整个占领的期间他们都把家安顿在那里。但是，任何的端倪都不能够揭露这个宝贝的隐藏所。军官把脸孔老贴在菱形小玻璃片上（这些玻璃片是由朝向四面墙中间的漆黑的内院的几根铅条来支持的）；但是他却看不出那里有什么光线，除了两个老夫妇在内咳嗽，踱来踱去，细声密谈的那间房屋的窗口射出的阳光以外。他甚至于都看不出这少女的影子。孟特飞奥尔是个过分精细的人，他不至于拿他的爱情前途来冒险，偶尔在夜里探索房子，或是轻轻的敲门。一个西班牙的父亲兼毛布商人应当是多疑的，如果让这位热烈的爱国人士发现了，他的毁灭就是必定无疑的了。所以，上尉决定忍耐等候，希望争取时间和一般人，甚至于无赖汉，尤其是老实人，终于要忘记去提防的漏洞。第二天，他发现女仆睡觉的地方，因为他看见厨房里有一个类似吊床的东西。至于学徒呢，他就睡在铺面楼的柜台上。这第二天吃宵夜的时候，孟特飞奥尔在咒骂拿破仑之中居然能够取悦疑虑的主人，使他消散额头上的皱纹。主人是个严肃的西班牙人，一副漆黑的脸孔，仿佛从前人家刻在三弦提琴琴把上的脸相似的。他的妻子也在老脸孔的皱纹里发出一个恨中带乐的微笑。油灯和火盆的光线奇妙的照耀着这高贵的会客室。女主人走来给他们的半同乡递上一支纸烟。这时候，孟特飞奥尔听见在一张挂毡背后有袍子触动的声音和椅子倒地的声息。

“那个，”老妇人说，“但望一切的神明都帮助我们，但望我们没有什么灾害！”

“那么，你们还有个什么人在那里吗？”意大利人毫不动情的问。

毛布商人骂了一阵女孩子们。受惊的妻子就开了一扇秘密的门，引来了意大利人的惨白半死的圣母；惊喜若狂的情郎却装作对这圣母毫不注意的神气。不过，为着避免一切的虚伪起见，他就瞧了少女一眼，转过身子，朝着主人走去，用他的本地话对他说：

“她是您的女儿吗，先生？”

拉古尼亚·柏勒斯（这是这个商人的姓名）曾经在热内亚，福罗兰斯和李芜恩跟意大利人有过重大的商业关系，他懂意大利话，就用同样的语言回答说：

“不。要是她是我的女儿，我也用不着这样的提防了。她是人家寄养在我这里的一个孩子，我宁愿自己死去，不愿意看见她有什么灾祸。但是，希望您对这个十八岁的女孩子有点理性！”

“她很美丽。”孟特飞奥尔冷冷的说，不再瞧这少女。

“她的母亲是个著名的美人。”商人回答说。

于是，他们又继续抽烟，互相观察。虽然孟特飞奥尔抑制自己去瞧少女，免得扰乱外表上的冷静，然而正当柏勒斯转身吐痰的时候他却偷偷的瞟了这少女一眼，碰到了少女的一双闪电似的眼睛。浪子和雕刻家都有一种透视的法术，可以给他们力量去“剥除”（我们无妨这么说）女人的衣服，用迅速明慧的推理去揣测女人的体态。孟特飞奥尔就用这种法术看到了一个艺术品的杰作，这艺术品的创造需要爱情的一切幸福。这是一副洁白的脸孔，西班牙的天气曾经给这脸孔注射过一些浅灰的色调，给天使似的淑静表情加上一道骄傲的神彩，透入这明澈的颜色底下的光泽，也许是因为摩尔民族的血统使这脸色更加活泼，更加鲜艳。她的头发反梳在她的头顶上，又垂了下来，拿又黑又亮的光泽包蔽了透明鲜艳的耳朵，划分出一只略带蓝色的颈项的轮廓。这些灿烂的发环使一双火炽的眼睛和一对弯曲的嘴唇更加鲜明。乡村妇人的衣裳使一只柳枝一般柔软的纤腰更显得弯曲。这并不是意大利的圣母像，而是西班牙的圣母像，穆里罗所画的圣母像。穆里罗是一个唯一敢于绘画圣母因为怀胎基督而显得快乐的艺术家，这是最大胆，最热情的画家的疯狂幻想。这位少女身上有三个元素结合在一起，仅有其中的一个就可以使一个女人神圣化：埋藏海底的宝珠的洁净，西班牙的黛勒丝圣女的崇高，她所还不自知的情欲。她的出场简直有符咒的作用。孟特飞奥尔再也看不见身边有什么老旧的东西：少女使一切都返老还童。这种显灵是甘美的，然而时间却很短促。陌生的女人又被人家带到神秘的房子里去，从此之后，女仆就明目张胆的给她把油灯和饭食带到那里去。

“您把她藏得真不错，”孟特飞奥尔用意大利语说，“我会给您守秘密的。好家伙！我们有许多将军，他们都会拿武力强抢她走。”

孟特飞奥尔的疯狂甚至于都使他生出一个念头，要娶这位陌生女郎为妻。于是，他就打听他的主人许多关于她的事情。柏勒斯自动给客人叙述他的养女的冒险生涯，谨慎的西班牙人不得不说出这个秘密，因为一来他曾在意大利听到孟特飞奥尔的家望，一来他要指明诱惑一个少女是怎么样的困难。虽然这位好好先生有家长的谈吐可以符合他的素朴风尚和射击孟特飞奥尔的枪法，但是把他的演讲加以精简归纳也许是更好的。

正当法兰西的革命改变了作为革命战争舞台的许多国家的风俗习惯的时候，一个因为威尼斯的陷落而被驱逐出境的歌妓就来到了达拉冈。这位歌妓的生活充满着浪漫的故事和奇怪的变化。和其他属于这世外的特种阶级的女人相比较，她更会因为一个为她的奇异美貌所惊动的贵族的垂爱而在某个时期内拥有许多黄金和宝珠，享受着成千成万的富丽生活的滋味。譬如说，鲜花啦，华美的马车啦，扈从啦，侍婢啦，宫殿啦，图画啦，作威作福啦，迦泰琳二世式的旅行啦，总之，一个极权王后的惬意生活，这生活的怪异幻想往往不只是被人服从而已。然后，她又变成了无家可归，穷窘异常，没有任何的东西，只留下她的全能的美丽，不憧憬以往，不注意现在，也不幻想将来的生活着，没有让任何一个人，任何的学者，任何的物理学家或化学家，甚至于她自己，知道她的黄金是怎么消散了的。让人家摈弃之后，她就在贫困的生活里受到某个喜欢赌博的穷军官的支持，她敬慕军官的胡髭，就像一条服从主人的狗似的归附于他，只分担了他的军旅生活的苦恼，而安慰他；而且，她是随遇而安的，她就跟从前睡在最华丽的绸帐下似的安卧在仓库的屋瓦下。无论是在意大利或是在西班牙，她都非常严格的遵守宗教的礼仪，她好几次对爱神说："明天您再来；今天我是属于上帝的。"但是这充塞黄金和香料的污泥，这毫无顾虑的心灵，这狂暴的感情，这类似金刚钻投入泥泞似的投入这只心坎的宗教信仰，这头尾都依靠救济来生活的生涯，这移殖在灵魂和整个生活历史里的赌徒的机遇，总之，这个让恶习在冶炉里引火烧化美丽幸运的炼金术，它就自行消灭而使祖宗遗留的金钱和大家庭的声望化为乌有：这一切的一切都是依据一个特殊的法则进行的，从中世纪起，就由母亲忠实的传给女儿。这个女人叫做玛拉娜。她的家庭完全是女性的，自从十三世纪以来，谁也不知道这家庭的父亲是那一个人，他的姓名是什么，他有什么权力，人家甚至于都没有想起这家庭有个父亲。在她看来，玛拉娜这个字眼就像司徒阿特这个字眼给著名的苏格兰王室的尊严似的，也是因为长久的世袭而封给她的家庭的一个荣耀的家姓。

从前，在十四、十五世纪之间，就在法兰西、西班牙和意大利因为共同的利益而联合，或是因为一个不断的战争而分裂的时候，玛拉娜这个字眼的广泛用处就是指明一个歌妓。那时代，这种女人在社会上是一种特殊的阶层，我们现在已经无从加以想象了。法兰西只有蓝克鲁斯·尼囊和德罗尔姆·玛里昂曾经扮演过许多应柏里雅[①]，许多迦达铃娜，许多玛拉娜所扮演的角色。这些女人在前几世纪都把教职、袈裟和宝剑结合在她们身上。一个应柏里雅曾经在万分忏悔之下在罗马建筑一所我也不知道是什么教堂，就像从前罗督普在埃及建造一座金字塔似的。这家姓最初是被贬来做一个怪诞家庭的记号的（这怪诞的家庭就是我们现在所要讨论的问题），终于变成了她的家姓，因为恶习的不可否认的久远性而在她身上使这恶习变成高贵。有一次，这十九世纪的玛拉娜（我们不知道是在她的荣华或是她的穷困的日子里，这是她和上帝之间的一个秘密问题，不过这的确是在她相信宗教，生活愁闷的时刻），这个女人，她发现她的脚插在泥浆里，而她的头却突入云霄。于是，她就咒诅她的血液，她就咒诅她自己，她生了一

① Imperia是文艺复兴时代的一个意大利名妓。

个女儿而全身发抖，她跟同类的其他女人似的就用她的贞洁的心情，囚犯的意志（最坚强的意志），天地间最正确的贞洁来发誓。她看见了祭坛，就在祭坛之前发愿，要使她的女儿变成一个有德性的女人，一个圣女，因而能够在天上，跟随在这一大串情欲的罪过和沉沦的女人之后，给她们这一班女人生出一个天使。发愿既毕，玛拉娜家的血液又说话了，这位妓女于是乎又堕进了她的冒险生涯里，不过心里多了一个念头罢了。最后，她就发挥娼妓的强烈爱情去爱恋，好像卫尔逊·亨利埃黛爱恋班松比爵士，杜布伊夫人爱恋保林布洛克，柏斯开尔侯爵夫人爱恋她的丈夫一样；不，她并不是爱恋，她是崇拜，她崇拜一个金栗色头发的美男子，一个半女人的男子，而把她所没有的德性加在这男子身上，只要在自己身上保留一切的罪恶。然后，这个羸弱的男子，这个污浊的结合，这个未尝受到人神的祝福，应当由幸福来安慰而从来没有得到幸福的赦免，总有一天要跟无耻之徒面红耳赤的私通的结合，这结合就叫她生了一个女儿，一个等待救援的女儿，她也就为着这女儿而愿望一个美丽的生活，尤其是她所缺少的贞洁。于是，无论她的生活是幸福的、或是穷苦的，是豪富的、或是贫困的，她的心里总有一个纯洁的情绪，人类情绪之中最美丽的情绪，因为这种情绪最没有利禄之心渗杂其间。爱情还有自私的地方，母爱的情绪就不再有它了。玛拉娜尽责当母亲，跟其他任何的母亲尽母亲的责任似的，都是一样的程度；因为在她的永远沉沦里，母爱可以当做她的一块救生板。在世上完成一部分事业，给天国多送去一个天使，这难道不是比后来的忏悔更有价值吗？这难道不是能够使她接近上帝的唯一的纯洁祈求吗？所以，就在这位女儿，就在她的玛利亚—珠安娜—柏毕黛（她愿望一切传说中的圣女都来当这女儿的保护人），就在她有了这个女儿的时候，她就对母亲的尊严有个崇高的观念，她甚至于都哀求恶习让她有个休息。

她变成了循规蹈矩的，她深居简出，度她的孤独生涯。再也没有什么节庆，再也没有什么夜欢，再也没有什么爱情。她的一切幸运，她的一切快乐都存在于女儿的小摇篮里。婴儿的声音给她在生活的炽烈沙漠里建立一块绿洲。这情绪没有任何可以让别的情绪来比拟的地方。它难道不是包含着一切的人间情绪，一切的天上希望吗？除了诞生的罪孽以外，玛拉娜不愿意给她的女儿加上任何的污垢，她设法把这罪孽用社会的德性来洗涤；所以，她就向年轻的父亲要求一笔产业，请求应用父亲家姓的权利。于是，这个女儿就不是一个玛拉娜·珠安娜，而是蒙栖尼·珠安娜了。然后，七年充满快乐和蜜吻，沉醉和幸福的生活之后，就在这位可怜的玛拉娜需要脱离这偶像因而叫她不至于在遗传的耻辱下低头的时候，这个母亲就鼓起勇气否认这个女儿是她的女儿，非常苦痛的替这女儿寻找另外一个母亲，一个家庭，叫她学习社会上的礼仪，摹效可以当做榜样的圣人。放弃母亲的权利是一个惨痛的崇高举动；这里，她这举动难道不是崇高的吗？

所以，一个幸运的机会就在达拉冈让她了解这个西班牙人的廉洁和他的妻子的品德，在这环境里遇到了拉古尼亚夫妇。她就好像一个拯救世人的天使似的来到他们家里。这时候，商人的财产和名誉正好遭到暂时的祸害，他需要立刻的秘密援助；玛拉娜给他献出女儿的嫁资，既不希望他有什么报酬，也不要求他付什么利息。她的法律观念认为订立一个契约是一桩良心上的事情；一把刺刀，这就是弱者的法权；上帝就是最高法院的院长。她对拉古尼亚夫人供认她的苦况之后，就把她的女儿和钱款交托给在这古室里吐纳纯洁空气的老西班牙人。拉古尼亚夫人没有子女，她找到了一个养女来抚育，心里觉得异常的快乐。妓女离开了她的亲爱的珠安娜，她确信已经给她的女儿保证前途，已经给她找到一个母亲，一个可以使女儿变成一个蒙栖尼家的小姐，而不是一个玛拉娜家的女人的母亲。商人的家充满着资产阶级家庭的品德；宗教、神圣的情绪和荣誉在这家里都是悬空的。走开这淳朴简单的家庭时，可怜的娼妓，放弃了母权的娼妓，想到了她的珠安娜是个处女，将来可以嫁人，当母亲，当个一生幸福的母亲，居然能够忍受她的苦痛。妓女在这家的门限上留下了几滴天使们所要收集的清泪。自从这悲哀而充满希望的日子起，玛拉娜因为心里预感一种无可克服的情绪而回到这里三次，来瞧她的女儿。第一次刚刚好碰着珠安娜身生危病。

“我就知道!”她来到柏勒斯家里的时候，就对商人说。

她在远处梦见珠安娜病得要死。她就伺候她，看护她；然后，一天清早，正当久病初愈的珠安娜安睡床上的时候，她就吻了珠安娜的额头，不告而别了。她身上的母亲成分驱走了这妓女。第二次，玛拉娜到蒙栖尼·珠安娜在内领圣体的礼拜堂来。她穿得非常的简陋，非常微贱的躲在一条柱子的角落里。退了位的母亲看见她的女儿跟从前有一天同样的情形，天使似的神圣的脸孔，当天早晨落在阿尔卑山上的白雪一般的洁净。玛拉娜的母爱甚至于都带有妓女的成分，她觉得心里有一种比她一生所有的一切爱情都还剧烈的妒忌，她就走出了礼拜堂，因为她看见拉古尼亚夫人满面春风的待在那里，未免太有母亲的威严了。她实在不能够再行抵抗想要杀死拉古尼亚夫人的欲望。最后一次的见面就是母女俩在米兰的相逢。那时候商人夫妇到米兰去。玛拉娜一身打扮得跟皇后似的穿过了高尔苏大路；她闪电似的出现在她的女儿面前，没有让她的女儿认得出。真够令人痛心！这个曾经受到万千香吻的玛拉娜倒短了一个接吻，一个唯一的接吻，她愿意用一切其他的接吻去交换的接吻，一个女儿给母亲，给受人敬重的母亲，给散发一切家庭光荣的母亲所接的吻。在她看来，珠安娜简直是虽生犹死！一个念头使这妓女兴奋，于是林拿公爵就对她说：“您怎么啦，我的爱?”这是一个甜密的念头！珠安娜从此得救了。她也许要变成一个谦卑的女人，但倒不是一切男人都可以问她“您怎么啦，我的爱”的一个卑污的妓女。总之，商人夫妇已经全力的严格完成了他们的任务。珠安娜的财产已经变成了他们的财产，而且可以增加上十倍。拉古尼亚·柏勒斯是外省最富有的商人，他对这位年轻女郎有个半迷信的情绪。把这个老家从不名誉的破产里保全下来之后，这位天仙一般的女郎不是已经给这家庭带来了空前的繁荣吗？他的妻子是个心地善良的精细的妇女，她把珠安娜抚养成一个纯洁敬虔的女子，跟她的美丽是同样的程度。珠安娜可以当一个贵族或一个富商的妻子。她没有缺乏任何必要的德性让她去获取光明的前途。如果不是政局发生变化，计划到马德里去的柏勒斯早就把她嫁给一个西班牙的什么大人物了。

“我不知道玛拉娜现在在哪儿，”柏勒斯结束说，“但是，无论她在这世界的什么地方，要是她知道你们军队占领我们这一省和达拉冈的攻防战，她一定要动身到这里来看顾她的女儿。”

这一席话改变了意大利上尉的主意，他不再希望叫蒙栖尼·珠安娜变成孟特飞奥尔侯爵夫人了。从这位少女透过窗帘给他交换的一个秋波里，从她刚刚拿来发挥好奇心的狡狯里，从她给他投来的最后一个眼色里，他已经认识了她这玛拉娜一家的血统了。这个浪子倒希望娶上一个品行端正的女人。这种冒险的生活 充满着无数的危机，不过最没有勇气的男子也不会骇怕这些危机，因为他们可以从爱情和欢乐里得到补偿。睡在柜台上的学徒，睡在厨房吊床上的女仆，睡眠不足的一对老夫妇，房子的响声，白天里兵士的监视，这一切的一切都是障碍，都使这爱情变成不可能的。但是，孟特飞奥尔倒有玛拉娜一家人的血统让他抵抗一切的不可能，这血统就在一位好奇的意大利女郎，受过西班牙风俗薰染的少女，事实上是处女，而急于爱恋的女人的心里发出亮光。爱情、女人和孟特飞奥尔，这三个东西可以冒犯整个的宇宙。

孟特飞奥尔既受浪子的本能的激动，又受空泛的希望的催促。这些希望是我们所不能解释的，我们无妨管它叫做“预感”，这个字眼包含有惊人的真理。孟特飞奥尔在他的十字窗口度着这一夜的上半部时间，他留心察视下面的情形，朝着他所猜想的这一对夫妇隐藏老年的爱情和快乐的地方瞧去。中间楼（我无妨拿这个法兰西的名称来让我叫人家更加清楚这些地方的实况）的货房把两位年轻人给隔开。因此，上尉也没有能够求助地板之间产生的含有意义的声音（这是情人们懂得在这种情形下去发明的人工语言）。但是，偶然的机遇帮助了他，也许是帮助了少女！就在他站在十字窗口的时候，他看见在院落的黑墙上有一块亮光，中间反映出珠安娜的侧面形象；手臂的重复动作，她的姿势，这一切的一切都叫他猜想她是在更换夜装。

“她就一个人吗？”孟特飞奥尔问自己。“我可以安安稳稳的在一条线上给结上一封信，里面装了几个钱币，拿它去敲打小圆窗的玻璃吗？她的房子一定是由这小圆窗透进光线的。”

一会儿，他就写了一封信。这是一个军官，一个让家里送到厄尔巴岛去的兵士的真正的信，一封从前全身馨香现在当了军服科长的落魄侯爵所写的信。然后，他就拿了一切可以编制绳索的东西打了一条绳子，在末端给系上这封信，里边装上几个厄古钱，静悄悄的一直把它堕下这圆光的中央。

“放射出来的影子可以告诉我她的母亲或女仆到底是不是跟她在一起。要是她不只一个人的话，”孟特飞奥尔心里想，“我就使劲拉回我的绳子。”

但是，正当钱币经过成千易于了解的麻烦动作而在玻璃上敲打的时候，单独的一个人影，珠安娜的轻盈的上半身就在墙上摇动着。少女轻轻的开了玻璃，看见是一封信，就拿了过去，站着念读。孟特飞奥尔报了姓名，他请求少女给他规定一个约会；他用旧小说的笔调给蒙栖尼·珠安娜打开心，伸过手。这是一种卑鄙俗恶的狡猾，但是它的成功往往是确定了的！在珠安娜的年龄，灵魂的高贵不是要增加这年龄的危险吗？这时代的一个诗人曾经说过一句风雅的话，他说："女人只死在她自己的力量里。"情人在最受人敬爱的时候往往装做怀疑他所引起的爱情的样子；一个忠诚而骄傲的少女就要发明许多牺牲的举动，她既不认识清楚社会，也不认识清楚男人，她不能够在感情激动的时候保持镇静，不能够轻蔑一个可能接受人家为着补赎无稽的责骂而给献来的一个生命的男子。

自从有了各种社会的崇高组织之后，少女总是受到谨慎的计算和罪过的苦楚给产生的各种可怕的骚扰的夹攻。如果她抵抗，她就往往失去了一个表面上看来最为甘美的初恋；如果她不谨慎，她就失去了一个结婚的机会。看了巴黎社会生活的变化，我们就不能够怀疑宗教的必要，因为我们知道那里每天晚上并没有太多的少女受人诱惑。但是巴黎是坐落在纬线四十八度的地方，达拉冈可坐落在四十一度。气候的老问题对于叙述故事的小说家还是有用处的，因为它能够帮助小说家去解释爱情的突然结局和爱情上的疏忽或抵抗。

孟特飞奥尔的眼睛死盯住光晕中央反映出来的缥缈的黑色侧面形。他和珠安娜都不能够彼此看见，一块装置不巧的讨厌的柱头给他们排除了彼此探头窗外时两个情人之间所能建立的无声通讯。所以，上尉的灵魂和他的注意力都集中在这光圈儿上，也许这个少女就在这里出他意料之外的让他拿这影子的姿势来解释她的思想。可是，珠安娜的奇怪动作并不允许了孟特飞奥尔生出任何希望。珠安娜拿起剪子剪信，来寻开心。道德和品行往往在怀惑当中仿效了妒忌心给喜剧里的巴尔多罗感应的推测。珠安娜没有笔墨纸张，她拿剪刀去写复信。她一把信再紧上，军官就拉回绳子，打开了信，拿到油灯下，在灯光里读到这个字：“来”！

“来！”他对自己说。“那末毒药，步枪，柏勒斯的刀子呢！那末，好容易才在柜台上睡着的学徒呢！那末，睡在吊床里的女仆呢！何况这房子就跟音乐厅的男低音似的发响，我都可以从这里听到老柏勒斯的鼾声呢！来！……她难道再也没有什么可损失的吗？”

这思想简直就是针刺！只有浪子们懂得这样的合乎逻辑，能够责罚女人的忠诚。男人发明了撒旦[①]和罗夫拉斯[②]；但是处女却是一个让他只懂得归咎的天使；她太伟大了，她太美丽了，他既不能够使她更加伟大，也不能够使她更加美丽：他只有一种把她拉到污秽生活里来而去毁灭她的残暴力量。孟特飞奥尔等到夜阑更深；然后，不管怎么样的考虑，他就光着脚下楼，身边带着手枪，一步一步的走，有的时候就停脚来侧听岑寂里的声息，伸出手去摸索梯级，在黑暗里探视，准备退回自己的房间，要是发生有什么事故的话。这意大利人穿上了最美丽的制服，给他的黑头发加上香油，使自己发出服装和修饰给天然美产生的特殊光辉；在这种情形之下，多半的男子都跟女人一样带有女性。孟特飞奥尔居然能够一帆风顺的到达了隐藏少女的那间小室的秘密的门旁边。这是房子角落里开辟的一间隐室。这隐室是由人家因为地价昂贵不得不凑紧彼此的房子而常常在这里建筑的凹角来加以扩张的。这小室是珠安娜所特有的，白天里她就住在这里，免得让人家看见。一直到现在为止，她都睡在距离养母不远的地方；但是

① Satan 就是《圣经》里所说的魔王。

② Lovelace 是李查尔孙（Richardson）的名著《哈尔罗尔·克拉里斯》里的一个人物，是个喜欢诱惑女子的青年人。

一对老夫妇避居在内的狭窄房顶楼并不允许他们把养女带在身边。所以，拉古尼亚夫人就让秘密门的锁匙来看守她，最有效的宗教思想来保护她（因为这些思想都变成了迷信），叫年轻的蒙栖尼小姐变成女性中的杰出人才的天生傲性和贞洁感觉来防卫她：她也有最动人的品德，最多情的感应；所以，这单调的生涯必须有谦虚和圣洁才可以平静在她心里燃烧发亮的玛拉娜一家的血液或养母所说的魔鬼的诱惑，使这血液恢复新鲜。一条从门缝里射出映在地板上的光线痕迹使孟特飞奥尔看得清楚地方的情形；他轻轻的敲门，珠安娜也就开了门。孟特飞奥尔走了进去，心里哔啪哔啪的跳，他在这隐室里看到一种天真的好奇表现，完全不知道危险的无知，和一种诚实的敬仰。眼前的神圣图像感动了他，使他不禁愣了一些时候。

一张紫色花的灰底挂毡挂在墙壁上；一只乌木制衣箱，一面古式大镜，一张铺着毛毡的古老的大乌木靠椅；一张斜了脚的桌子；地板上的一张美丽的地毡；桌边的一张椅子：如是而已。但是在在桌子上就有许多花朵和绣工，但是在房底就有一张又窄又薄的床，珠安娜就是在这床上安眠做梦的。床的上边有三张图画；床头有一只带有圣水瓶的基督苦像，一张镶在框子里的金字祈祷文。花朵吐出轻郁的香气，蜡烛散发柔和的光芒；一切都是平静的，纯洁的，神圣的。珠安娜，特别是珠安娜的玄思已经把它的美丽渗透在物品里，她的灵魂仿佛就在那里发光：这是留在介壳里的宝珠。如果夜深更静，如果珠安娜不是这样的多情，如果这小白床没有半打开的床单和刺探万千混乱欲望的枕头，放下念珠去呼唤爱情的珠安娜，一身穿着白色衣裳而富有天然美的珠安娜一定会叫孟特飞奥尔本人都要敬重她。孟特飞奥尔站着，愣了相当的时候。他被一个无名的快乐给沉醉了。这也许就是魔王撒旦由围绕天空的乌云的一道缝隙里看到上天时所有的快乐。

“我一看到您，”他用纯粹的多斯岗方言，柔和的意大利腔调对她说，“我就爱上了您。我的灵魂和我的生命都落在您身上，如果您愿意的话，它们就会永远属于您。”

珠安娜倾听着，她从空气里吸进了这些因为爱情的语言而变成冠冕堂皇的语声。

“可怜的小姑娘，您怎么能够在这黑屋子里住了这么久还活着呢？您，您是生来就可以统治社会的，您是生来就得居住王宫，就得三日一小宴，五日一大宴，就得享受您所创造的快乐，看轻一切的东西，用您那没有匹敌的美貌去抹杀一切财富的。您，您怎么就住在那里，孤孤单单的住在那里，跟这两个商人住在一起！”

这是一个有计算的问题。他要知道到底珠安娜已经有了情人没有。

“是呀，”她回答说，“可是谁告诉了您我的秘密思想呢？几个月以来，我都发愁得要死。是的，我宁可死去，不愿意再住在这房子里。您瞧这绣工，每一针都有成千可怕的思想陪着绣下去。我好几次都想偷跑去跳海。为什么呢？我自己也不能清楚知道。……因为一些小孩子的悲哀，但是这些悲哀倒来得很凶，虽然有点幼稚……我常常晚上吻着我的母亲，仿佛人家最后一次跟母亲接吻似的，心里对我自己说：“明天，我就要自杀了。”可是我并没有死。自杀的人都落地狱，我非常害怕地狱，我只好退回来生活，总是一样的早上起床，晚上睡觉，在同一的时候做同样的活儿。我并没有打扰我自己，但是我苦痛。……然而我的父亲和我的母亲倒疼我。啊！我真是个坏人！我坦白的告诉我的忏悔师这个……”

“所以，您老是毫不快乐的住在这里吗？”

“噢！我并不是老这样的。一直到十五岁，我都喜欢听礼拜堂的唱歌和音乐，喜欢看礼拜堂的庆祝会。那时候我是幸福的，因为我觉得自己就跟没有罪过的天使似的，因为我能够每星期到礼拜堂去领圣体，总之，我爱上帝。这三年来，我可一天一天的改变了。最初我要这里有些鲜花，我也有过不少美丽的鲜花；后来我就要……可是，现在我可什么也不要了，”她歇了一口气，笑着加上一句话，对孟特飞奥尔说，“您刚才不是给我写信说您要永远爱我吗？”

“是呀，我的珠安娜，”孟特飞奥尔一边轻声兴奋的说，一边抱住这位令人敬爱的少女的腰，猛力把她朝着自己的心坎拢紧，“是呀。但是，让我就像您在上帝面前说话似的跟您说话。你不是比天上的玛利亚还要美丽吗？听我说。我跟您发誓，”他吻着她的头发，接着说，“我拿你的额头当做美满的祭坛让我在前头发誓，我拿你的名字当做偶像崇拜，我要为你而浪费世界上的一切钱财。我的豪华马车，我在米兰的宫殿，我的一切珠宝，我祖传的刚金钻，这些都是属于你的；我每天要给你许多新的装饰品，成千的享受，一切世界上的欢乐！”

“是的，”她说，“我很喜欢这一切东西，但是我心里觉得我在世界上最喜欢的还是我的亲爱的丈夫。”她说 Mio Caro Sposo!（我的亲爱的丈夫！）因为要找两个法兰西的字眼来说明这令人敬爱的柔情，来解释这三个精致的意大利语词的发音所表现的风雅是不可能的；意大利话是珠安娜的本国语。“——我可以重新找到，”她给孟特飞奥尔投去一道表露天使的纯洁的眼色，接着对他说，“我可以在他身上重新找到我的宗教。他和上帝，上帝和他——您难道就是他吗？”她说。“真的，他一定就是您！”她歇了一会儿，又兴奋的说，“啊，请您瞧瞧我父亲给我从意大利带回来的图画。”

她拿了一支烛，给孟特飞奥尔做了一个手势，给他指着床脚边的一张圣《米赤儿推倒魔鬼》的图画。

“您瞧，您的眼睛不就跟他的眼睛一样吗？所以，我看见您在街里的时候，这巧遇就像是上天的启示。清早幻想的时候，在我母亲叫我祈祷之前，我瞧了这张画，这个天使好几次，因为我已经把他看做我的丈夫了。好家伙！我就跟我对自己说话似的跟您说话。您一定觉得我发了疯了；但是您应当知道一个可怜的被禁的女人需要说出压迫她的思想！我一个人对这些花朵说话，对这些毛毡说话：我相信它们要比我的父母还要了解我，我父母老是那样的阴沉……”

“珠安娜，”孟特飞奥尔拉着她的一双手，用他的眼睛，他的姿势和声调所表发的感情对她说，“你就跟对你丈夫，对你自己似的对我说罢。我也有你所有过的苦痛。在我们之间，几句话就应当够得让我们了解我们的过去了；但是多少话也都不能够表现我们对将来的庆贺。请你拿你的手放在我的心口上。你觉得它跳吗？上帝看得见我们，上帝听得见我们，让我们在上帝面前彼此发誓要一辈子互相忠实。好，请你拿这只戒指去罢……请你给我你的戒指。”

“拿我的戒指给你！”她惊惶失措的说。

“为什么不呢？”孟特飞奥尔担心她这样的幼稚，就这样的问她。

“可是，这是我们的圣父教皇那里来的东西；这是一个养育我的美丽贵夫人在我小的时候给我戴在手指上的，她把我安顿在这间房子里，告诉我得永远保守这戒指。”

“珠安娜，那末，你就不爱我了吗？”

“啊！”她说，“在这儿……您，您不是比我还靠得住吗？”

她颤栗的拿着戒指，紧紧的握在手里，用疑惑刺人的慧眼瞧着孟特飞奥尔。这只戒指，这就是她的生命，她拿它送给上尉了。

“噢，我的珠安娜，”孟特飞奥尔一边说，一边把她紧紧的抱在怀里，“要是欺骗你，就是一个怪物……我要永远爱你。”

珠安娜变得就跟做梦似的。孟特飞奥尔心里想不应该在这初次的晤谈里冒任何的险去让一个因为有道德（不是只因为有欲望）而变得这样纯洁，这样疏忽的少女发出嗔怒。他依赖将来，依赖他的美貌（他知道这美貌的力量），依赖这戒指的纯洁结合；这是一切结合之中最有含意的一个，这是一切仪式之中最轻而又最重的礼仪，这是婚姻的守护神。这一夜的剩余时间和第二天一整天，珠安娜的幻想应当会变成他的感情的一个从犯。所以，他就努力装做既可令人尊敬又显得温柔的样子。有了这个思想，再加上他的感情和珠安娜给他感应的欲望，他的谈吐就是风雅油滑的。他带领这天真的少女去做出一个新生活的计划，用最明艳的颜色给她描写世界，拿许多少女所乐于闻问的家庭琐事来取悦她，跟她一块儿讨论这些保证爱情，实现爱情的条件。然后，规定了夜间约会的时刻之后，他就离开了因幸福而改变了的珠安娜；纯洁神圣的珠安娜已经不存在了。在她给他投来的最后一道目光里，在她给情人的嘴唇伸过额头的优美动作里，已经有了一个女人所能有的更多情态了。孤寂的生涯，跟这女人性格相反的烦琐的工作使她有这结果；如果要叫她恢复贤慧和品德，我们也许就得渐渐地让她习惯于社会的生活，或永远的把她藏了起来。

“明天这一天一定要叫我觉得日子长，”她一边说一边在额头上接受一个还很贞洁的蜜吻，“但是请您留在会客室里，说得大声一点儿，让我能够听清楚您的声音：这声音充塞我的心脏。”

孟特飞奥尔开始了解珠安娜的整个生活，他只能够更加满意，因为他居然可以吞忍他的欲望，使他更能保证这些欲望的满足。他又回到他的房间里来，路上没有遇到任何变故。十天的光阴过去了，没有任何的事故来搅扰这家庭的和平和孤寂。孟特飞奥尔施展一切意大利的谄媚伎俩去阿谀老柏勒斯，古拉尼亚夫人，学徒，甚至于女仆，一切的人也都喜欢他；可是，虽然他懂得叫他们相信，他可从来也没有利用这种情形请求跟珠安娜见面，叫人家给他开秘密室的门。渴望见到情人的年轻意大利女郎曾经请求过他好几次；但是他总因为谨慎而加以拒绝。反之，他倒应用了他的一切声望和学识去消除两位老夫妇的疑惑；他让他们老看见他一直睡到中午才起床，他，他这个军人。上慰自称生了病。所以情人俩只在夜里全家安睡的时候相会。如果孟特飞奥尔不是一个惯于欢乐而能够在任何环境下保持镇静的浪子，这十天的工夫就得发生十次危险。一个年轻的情人在诚实的初恋期间一定会做出许多难于抑制的醉心的卤莽行为。但是这个意大利人甚至都能够抵御赌气的珠安娜，疯狂的珠安娜，用自己的头发制成一条链子拿来套住他的颈项去擒获他的珠安娜。不过，最聪明的人猜想到这夜间约会的秘密也会觉得非常的别扭。我们可以相信这个确信能够成功的意大利人所耽好的是慢步进行的诱惑，渐渐扩大而烧毁一切的火灾似的不可磨灭的快乐。第十一天吃晚饭的时候，他认为应当在严守秘密的条件下对柏勒斯伪装坦白，他告诉老头儿说他所以在家庭里失去宠爱的原因就是一个门户不相当的婚姻。正在家里演唱这一场夜戏的时候，这虚假的坦白实在是一个可怕的事情。孟特飞奥尔是个老练的演员，他计划给他拿爱好自己作品的艺术家资格去预先享受的戏剧预备一场结局。他打算不久就毫无歉意的离开这所房子和他的爱情。那末，珠安娜也许要冒着死险问问柏勒斯客人到哪里去的时候，柏勒斯就会不知轻重的回答她说："孟特飞奥尔侯爵跟他的家庭和解了，他们同意接纳他的妻子，他给他们介绍他的妻子去啦。"

那末，珠安娜呢？……这位意大利人从来也没有问过自己到底珠安娜要变成什么样子；但是他已经研究过她的高贵，她的诚实，她的一切品德，他确信珠安娜是默然无声的。

他得到一个任务，给我也不知道的哪一个将军带个信去。三天之后，动身之前的一夜，老虎似的孟特飞奥尔无疑的想要吃尽他的猎获物，他并不回到自己的房间，下午的光景就走进了珠安娜的密室来跟她共度一个更长的告别之夜。珠安娜这个真正的西班牙女人，这个真正的意大利女人，她有双重的感情，这大胆的举动使她快乐：她吐露了许多热情！在婚姻的纯洁爱情里找到非法盟约的残酷的快乐，把她的丈夫隐藏在她的床帐里；一半的欺骗她的养父和养母，被他们发现的时候能够对他们说："我是孟特飞奥尔侯爵夫人!"这在一个三年来都只梦想爱情而没有想象爱情的危险的少女看来，难道不是值得庆祝的事情吗？绣彩的门帘把他们两个人，他们的疯狂和他们的幸福都给遮蔽在后面，就像用不着揭开的布幕似的。那时候差不多九点钟，商人夫妇正在念诵晚祷；突然间，一辆几匹马驾驶的马车在小街里响着；急迫的敲门声在铺面房里回音，女仆跑去开门。一会儿，一个女人就跳进了古老的客厅。她虽然是从一辆走过万千道路，染得许多泥泞的旅行车里出来的，然而倒穿得一身华贵。她的马车穿过了意大利，法兰西和西班牙。这个女人就是玛拉娜！玛拉娜虽然过了三十六岁的年纪，享过无数的欢乐，但是她还焕发着全盛的 belta folgorante（鲜艳美人）的风采，符合了热爱她的人众在米兰给她起的这个雅号。玛拉娜是一个国王公开承认的情妇，然而听见国王说到西班牙的变乱和达拉冈的攻防战，她就离开了拿波尔，拿波尔的欢乐，拿波尔的天空，离开了她那充满黄金、诗意、香料和绸缎的富丽生活。

"到达拉冈去，在达拉冈被占领之前到达拉冈去!"她对自己说，"我要在十天之内到达达拉冈……"

于是，她就毫不惋惜王宫的繁华，毫不惋惜王后的冠冕，而来到了达拉冈，带了一张类似诏敕的护照和一些让她穿行法兰西帝国的黄金，风驰电掣而来。在母亲们看来，空间并不存在。一个真正的母亲可以缩短一切距离，从南极看到她在北极的儿女。

“我的女儿呢？我的女儿呢？”玛拉娜喊道。

听了这声音，看了这突如其来的进犯，瞧了这微行察访的王后，祈祷书就从柏勒斯夫妇手里落了下来。这声音就像雷响似的荡漾着，玛拉娜的眼睛射出闪电。

“她在那儿，”商人歇了一会儿，才从玛拉娜的突然到来，她的目光和她的声音给他产生的情绪里恢复过来，他就镇静的回答说，“她在那儿。”他指着小秘密室重复一句话说。

“是的，可是她没有生病吧？她总是……？”

“她身体非常好。”拉古尼亚夫人说。

“我的上帝，要是你高兴，现在就请你把我永远下在地狱里！”玛拉娜一边说，一边筋疲力尽的半死的走去坐在一张靠椅里。

因为兴奋而显得红润的颜色立刻凋谢了，她满脸的发青。她有力量去支持她的苦痛，可是再也没有力量来支持她的快乐。快乐要比她的苦痛更为猛烈，因为它既含有苦痛的回光返照，又含有快乐的临去悲伤。

“可是，”她说“你们怎么弄的呀？达拉冈被突击占领了。”

“是呀，”柏勒斯回答说。“但是，看见我还活着，您怎么会问我这个问题呢？我不是得拿性命来救珠安娜吗？”

妓女听了这句回答，就握起了柏勒斯的硬皮手，吻了它，在那里滴下几点眼泪。这是她在天地间所有的最宝贵的一切，她，她这从来不肯流泪的女人。

“真是好柏勒斯！”最后，她说，“但是您恐怕得让房间给军队住吧？”

“只有一个军人，”西班牙人回答说。“幸亏这个军人最忠厚，他从前本来是个西班牙人，后来是个怀恨拿破仑的意大利人，他已经结了婚，他很冷静……他早上起得迟，夜里睡得早。这时候他甚至于都生了病。”

“一个意大利人！他叫什么呀？”

“孟特飞奥尔上尉……”

“那末，他不是孟特飞奥尔侯爵吗？”

“是的，夫人，正是他。”

“他看见了珠安娜没有呀?”

“没有。”古拉尼亚夫人说。

“您说错啦，我的太太,”柏勒斯接着说。“侯爵好像曾经看见过珠安娜一次，只是时间很短罢了。的确的，不过我想这是她到这里来吃宵夜的那一天。”

“啊！我要看我的女儿去……”

“这是最容易不过的事,”柏勒斯说，“她睡着了。要是她把钥匙留在门锁上，就得叫醒她。”

商人起来去拿第二把门钥匙的时候，他的眼睛偶然间射落在十字窗上。他在内院黑墙上面所反映的光圈里，密室的半卵形大玻璃上，看到了一团人影，是到卡诺瓦[①]为止，任何其他的雕刻家都想象不到的光景。西班牙人转身走回。

“我不知道,”他对玛拉娜说，“我们把这钥匙放在那儿。……”

“您脸色太难看了!”她对他说。

“我等一等再来告诉您为什么,”他一边回答，一边跳去拿起一把尖刀，猛力用刀敲打珠安娜的门，嘴里喊道；“——珠安娜，开门！开门!”

他的声调表露出一种可怕的失望，使两位妇人不寒而栗。

然而珠安娜并不开门，因为她得有一些时间让她隐藏孟特飞奥尔。她一点儿也不知道客厅里发生了什么事情。绣彩的双重门帘使她听不见人家谈话。

“夫人，我说我不知道钥匙在哪儿，这是骗您的话。钥匙就在这里,”柏勒斯一边说，一边从碗橱里取出钥匙。“但是，这是没有用处的。珠安娜把她的钥匙留在门锁里，她又把她的门堵住

① Canova是十八世纪的意大利著名雕刻家。

了。——我们上了当了，我的太太！”他转过身来，朝着他的妻子说，“珠安娜房间里有个男人。”

“我拿我的永生来发誓，这是不可能的事情！”他的妻子对他说。

“别发誓啦，拉古尼亚夫人。我们的尊严已经没有了，这位夫人（他指着玛拉娜说；玛拉娜呆立不动，这些话使她惊惶失措），这位夫人有权利鄙视我们。她救过我们的生命，我们的财产，我们的名誉，然而我们可只懂得保守她的银钱！——珠安娜，开门，”他喊着，“要不然，我就踏破您的门！”

他的声音越喊越大，一直回响到这房子的仓库里去。但是他倒是冷静的。他把孟特飞奥尔的生命掌握在手里，他要拿这个意大利人的血来洗涤他的悔恨。

“出去，出去，你们都出去！”玛拉娜跟母老虎似的猛扑尖刀，从惊愕的柏勒斯手里夺下了它，嘴里喊道。“——出去，柏勒斯，”她镇静的接着说；“出去，您，您的太太，您的女仆和您的学徒。这里快要发生杀人惨案了。您们大家可能都让法兰西人拿去枪毙。别搅在这事情里，这完全是我一个人的事儿。在我的女儿和我之间，只应当有上帝。至于这个男人，他是属于我的，全世界都不能够从我手里夺走他！去罢，去罢……我原谅您。我看得清楚，这个女人是玛拉娜家的一个女子。您，您的宗教，您的名誉，力量都太薄弱，抵抗不了我的血统……”

她惨痛的叹了一口气，给他们呈出干涸的眼睛。她失去了一切，她懂得受苦，她是一个妓女。门开了。玛拉娜忘记了一切，柏勒斯给他的妻子做了一个记号，居然能够保持他的地位；固执保守名誉的老西班牙人，他要帮助受欺的母亲去报仇。珠安娜在弱光的照耀下穿得一身洁白，镇静的站在房间的中央。

“你们要我怎么啦？”她说。

玛拉娜不能够抑制轻微的颤栗。

“柏勒斯，”她问，“这房间还有别的出口？”

柏勒斯做了一个否定的记号；妓女信任这姿势，走进房间。

“珠安娜，我是您的母亲，您的审判官，您已经陷落在唯一可以叫我在您面前出现的境地里。我要您走上天堂，您却走到我的同样地步。啊！您堕落得太低了！……您房间里有个情人。”

“夫人，这里只应当也只能够找到我的丈夫，”她回答说。“我是孟特飞奥尔侯爵夫人。”

“孟特飞奥尔，我的爱，”少女撕开帘幕，指着军官，喊道，“来，这些人毁谤你！”

意大利人显得满面青白：他看见玛拉娜手里有一把尖刀，他认得玛拉娜。

所以，他一跃就奋身跳出了房间，用响亮的声音喊道：

“救命啊！救命啊！人家要杀死一个法兰西人。——第六联队的兵士们，请你们跑去寻找笛雅尔上尉！……救命啊！”

柏勒斯把侯爵紧紧地抱住，他要利用他的大手勒住意大利人的嘴，然而妓女倒阻止了他，对他说：

“就这样的抱住他，让他叫唤。请你们打开门，让门开着，我再说一句，请你们大家都出去。——至于你，”她朝着孟特飞奥尔接着说，“你就嚷罢，你就喊救命罢……等到你听见你兵士的步声，你的心坎就有这一把刀……你结了婚没有？你说。”

孟特飞奥尔倒在距离珠安娜两步路的门限上，除了刀锋以外，他听不见任何的声音，看不见任何事物，刀锋的光芒使他的眼睛发昏。

“那么，他就是骗我了！”珠安娜慢慢地说，“他说他没有结婚。”

“他告诉我他已经结了婚了。”柏勒斯用沉着的声音接着说。

“我的圣母啊!”拉古尼亚夫人说。

“土制的灵魂。你要回答吗?”玛拉娜侧身朝着侯爵的耳朵低声说。

“令爱……”孟特飞奥尔说。

“我从前所有的女孩子已经死去了,或是快要死去了,”玛拉娜应口而答,“我已经没有女儿了。别再说这句话了。请你回答,你结了婚没有?”

“没有,夫人,”孟特飞奥尔希望争取时间,终于这样说,“我要娶令爱。”

“我高贵的孟特飞奥尔。”珠安娜吐出一口气说。

“那末,你为什么逃走喊救命呢?”西班牙人问道。

可怕的揭发!

珠安娜没有说任何一句话,她绞转自己的一双手,走去坐在她的靠椅里。这时候,外面发生了一阵吵闹,因为会客室的深长岑寂而相当容易听到。正当孟特飞奥尔呼喊救命的时候,一个第六联队的兵士刚刚好偶然走到街里,他 就跑去报告笛雅尔。幸而军需官回家,他就同几个朋友到这里来。

“为什么逃走吗?”孟特飞奥尔听见朋友的声音就回答说,“因为我对您说的是真话。——笛雅尔!笛雅尔!”他拼命的喊。

但是,因为听了主人一句话,认为家里一切的人都应当参加凶杀,学徒就关上了门,兵士门也只好狠力地推门。就在他们冲进房子之前,玛拉娜居然能够给这罪犯刺去一刀;然而她的愤怒却使她不能够正确的瞄准,因此,刀锋就从孟特飞奥尔的肩章上滑了过去。可是因为她用力凶猛,意大利人也就跌倒在珠安娜脚边,珠安娜连瞧都不瞧他。玛拉娜又望着他身上扑去;这一次,为着准确起见,她就抱住他的喉咙,用一只铁腕支住他,朝着他的心口瞄准。

“我并没有结婚，我娶她！我拿上帝的名义，我母亲的名义，一切世界上最神圣的东西来发誓……我是童男，我娶她，我发誓！”

他绞着妓女的手臂。

“就这么办罢，我的母亲，”珠安娜说，“杀死他罢！他未免太荒唐了，我不要他做我的丈夫，他就是再美上十倍，我也不要他。”

“啊！我又找到了我的女儿了！”母亲喊道。

“这里到底发生了什么事情呀？”军需官忽然闯了进来，问道。

“人家，”孟特飞奥尔说，“人家因为这个女孩子要杀死我，这个女孩子说我是她的情人，把我陷在这个圈套里，人家要强迫我娶她！……”

“你不要娶她吗？”笛雅尔看到这丽色不禁大为惊异的说，因为愤怒、轻蔑和仇恨叫这已经这样美丽的珠安娜更加美丽；“你未免太难了！要是她要一个丈夫，我就在这儿呀。请您拿您的尖刀插进您的刀鞘罢。”

玛拉娜擒住意大利人，拉起他来，把他带到女儿的床边，朝着耳朵对他说：

“我饶你一条命，因为你说了最后一句话。但是请您牢牢的记住！要是你的舌头侮辱了我的女儿，咱们还有见面的机会。——嫁资能有多少呀？”她问柏勒斯。

“二十万佛郎整……”

“这还不算是所有的嫁资，先生，”妓女对笛雅尔说。“您贵姓？——您可以出去。”她掉过头来，对孟特飞奥尔说。

听见人家说到二十万佛郎整，侯爵就走进一步，说：

“我的的确确是自由的，我的确没有结过婚……”

珠安娜的一道眼色使他不敢继续说下去。

“您的的确确有出去的自由。”她对他说。

意大利人于是就出去了。

“嗨！先生，”少女朝着笛雅尔接着说，“我用尊敬您的心情来感谢您。我的丈夫在天上，他将是耶稣基督。明天，我就要进修道院去……”

“珠安娜，我的珠安娜，你别说！”母亲一边喊，一边把她紧紧的抱在怀里。

然后，她就朝着女儿的耳朵说：

“你得另外找个丈夫。”

珠安娜脸发青白。

“您贵姓，先生？”她瞧着普鲁凡斯人，重复说一句。

“我只是第六联队的一个军需官，”他说，“但是为了这么一个女人，我心里觉得已经是法兰西的元帅了。我叫做笛雅尔·彼得—佛兰苏。我的父亲是从前的巴黎区长；所以，我并不是一个……”

“呃！您是个老实人，不是吗？”玛拉娜说，“要是您让蒙栖尼·珠安娜小姐喜欢，你们彼此就都有福气。——珠安娜，”她沉重的接着说，“当了一个勇敢正经的人的妻子，您得想你将要做人家的母亲。我曾经发过誓，要你能够吻着你儿女的额头而不至于脸红……（说到这里，她的声音稍为变了一些样子）。我曾经发过誓，要你当一个有品德的女人。所以，在这一生里，你得等待着许多苦痛；但是，无论发生了什么事情，你都得保守贞洁，对你丈夫完全忠实；你得为他牺牲一切，他要变成你儿女的父亲。……你儿女的一个父亲！……你去罢！在一个情人和你之间，你永远会遇到你的母亲；我只在你危险的时候是你的母亲……你看见柏勒斯的尖刀吗？……它是你嫁资的一部分，”她一边说，一边拿起这武器，把它掷在珠安娜的睡床上，“我把它留在这里当做你的名誉的保证，因为我有一双睁开的眼睛和一副自由的臂膀。——再见，”她一边说，一边忍住她的眼泪；“但望上天叫我们永远不要再见面！”

想到这念头，她的眼泪就跟泉水似的滚了下来。

“可怜的孩子，你在这小室里居住很幸福，比你所想象的还要幸福！——请您叫她永远不要对她的小室感觉抱憾，”她一边说，一边瞧着她的未来佳婿。

这一段楔子并不是这“研究”① 的主要题材。为着了解这“研究”起见，我们得预先解释笛雅尔怎么样的娶了蒙栖尼·珠安娜，孟特飞奥尔和笛雅尔怎么样的彼此认识，我们得叫人家懂得激动笛雅尔夫人的到底是哪一种心肠，哪一种血液，哪一些感情。

① 即《人间喜剧》中的“哲学的研究”。

# 二　笛雅尔夫人的故事

他是一篇活的哀歌，总是沉默，总是忍耐，总是苦痛，而不能够说："我受苦。"

——《蓝巴尔·路易的精神生活》

军需官办理完毕法兰西军人结婚的时候所必要的冗长迟慢的手续，就变成了蒙栖尼·珠安娜的多情郎。蒙栖尼·珠安娜有时间去思虑她的命运。可怕的命运！珠安娜对笛雅尔既没有敬仰，也没有爱情，然而却因为一句话，一句疏忽而必要的话跟他缔结姻缘。这个普鲁凡斯人既不美丽，也不高雅。他的粗卤举止也使人感觉到军人的低级趣味，外省的风俗习惯，不完全的教育程度。这位风流幽雅的少女生来就有一种不可克服的奢侈本能和高级兴趣，她的姿仪而且会引导她走上高等社会的范围，她能够爱笛雅尔吗？至于敬仰呢，她甚至都拒绝敬仰笛雅尔，正因为笛雅尔娶了她。这种厌恶是自然的。女人是一个神圣的美丽的物类，可是她 差不多总是被人误会，而且因为被人误会，又往往受到恶评。如果珠安娜爱上了笛雅尔，她就会敬仰他。爱情可以使女人变成另外一个人；前一天的女人第二天就不存在了。一个女人因为百年偕老的真爱情而重新穿上结婚袍衫的时候，她是穿得一身的洁白的。重新变成有德性的纯洁女人的时候，以往的事情在她看来就不存在了；一切都是将来，她得忘记一切去重新学习一切。从这个意义来说，一个近代的诗人借着德罗尔姆·玛里昂的嘴唇所写的一句著名的诗倒是说对了。这句诗而且是高尔乃尔的作风：

爱情使我重新变成童女。

这句诗活活的表现出我们的戏剧鼻祖的雄伟笔调，它难道不像是高尔乃尔的什么悲剧叫我们想起的意义吗？然而，诗人却被迫为低级的观众而牺牲了他的佳句。

是合法的，是女人们甚至最无思虑的女人们都拿来应用在一切情绪里的。珠安娜发现生活的范围，不禁变成了万分的哀怨。她常常睁开一双汪汪的泪眼，充满被她骄傲抑止的眼泪的眸子，瞧着柏勒斯和拉古尼亚夫人。老夫妇懂得这眼泪所包含的苦涩思想；但是他们都一语不发。责骂有什么用处呢？安慰又有什么用处呢？越是同情，她的苦痛也就越加扩大了。

一天晚上，苦楚发痴的珠安娜听见她的养母发出一声怨叹，透过她的门帘。老夫妇以为这扇门是关着了的。

“这可怜的孩子一定要悲哀到死！”

“是，呀”柏勒斯大受感动的回答，“可是，咱们有什么办法呢？我从前希望把她嫁给阿尔柯斯伯爵，现在我还要到伯爵那里去吹嘘我养女的纯洁美貌吗？”

“错误并不是罪过。”老妇人说。她就跟天使似的仁慈。

“是她的母亲把她嫁给了他！”柏勒斯回答说。

“而且一会儿工夫就把她许了人，也不跟她商量商量！”拉古尼亚夫人说。

“她知道她所做的事情……”

“咱们的宝珠要落在谁的手上啊！”

“别再说了，要不然，我就要跟他吵架去了，跟这个……笛雅尔！”

“而且这又要给她加上一层苦痛。”

听了这些可怕的话，珠安娜就懂得因为她的错误而断了流的幸福。纯洁诚实的退隐本来可以由繁华绚灿的生活来加以补偿，她也曾经这么常梦想过这生活的美味，然而这些却正是使她毁灭的梦幻。从最伟大的地方堕落到笛雅尔先生身上来！……珠安娜哭了，珠安娜几乎都发疯了。她在恶习和宗教之间徘徊了一些时刻。恶习是瞬息的结局，宗教是毕生的苦楚。她的思索是险恶而严肃的。第二天就是定命的日子，结婚的佳期。珠安娜还能够继续当珠安娜。自由的时候，她懂得她的不幸要到达什么地步；结了婚，她可不知道它应当走到什么地方。一个垂死的女人而替她祈祷似的敬虔的替女儿祷告，来照应她。

“这是上帝的旨意。”她对珠安娜说。

天性给一个女人轮流的赐予一个能够帮助她去忍受苦痛的特殊力量和一个劝她退让的弱质。珠安娜毫无顾虑的退让了。她要顺从母亲的愿望，穿行生活的沙漠，到达天上，虽然她知道她不能够在困苦的旅途中找到什么花朵。她嫁给了笛雅尔。至于军需官呢，如果他并没有在珠安娜跟前找到恩宠，其他的人谁不会赦免他呢？他醉狂的爱她。玛拉娜天生有预测爱情的能力，她认出他的爱情声调，她猜出南方人的粗卤特性，南方人的仁慈举动。愤怒达到极点的时候，她只看到笛雅尔的美德，她相信她的观察已经够得让她知道女儿的幸福有保证。

结婚之后的最初几天表面上看来是幸福的；或者为着说明这些让女人们埋藏在心灵深处的悲哀的潜存事实起见，我们可以说珠安娜一点儿也不愿意扰乱丈夫的快乐。这是一出双簧戏，大部分不满意婚姻的女人迟早都要演唱的一出可怕的双簧戏。一个男人只能够从这种生活里叙述这出戏的事实；只有女人们的心可以猜得出这出戏的情绪。这难道不是一篇无从追踪真迹的故事吗？珠安娜随时跟她那又是西班牙女子又是意大利女子的天性斗争，她汲干了叫她暗中涕泣的泪泉，她是一个命中注定来代表最广阔的女人悲痛的典型女子。不断的剧烈的苦痛，要给这苦痛画成图像，就需要精细的考察，在那些贪嗜戏剧性感情的人看来，这种苦痛会变成味同嚼蜡。这分析可以让一个妻子找到她本人的苦楚去了解一切的苦楚，这分析不是可以写成一部书吗？这部书本质上是无情的，它的功劳就在于有精密的描写，细腻的叙述，是批评家们所要觉得软弱冗长的。而且，谁能够没有身历其境而了解某些女人将要带进坟墓去的沉痛动人的悲歌呢？谁能够没有身历其境而了解未尝让人明白的悲哀，甚至未尝让激动它的人明白的悲哀呢？谁能够了解这些得不到许诺的太息，没有报酬的忠诚，至少没有得到人世报酬的忠诚呢？谁能够了解这些被人误解的伟大的沉默，被人轻蔑的报仇，永远徒费心机的宽厚，人家所愿望而被人欺骗的欢乐，神秘完成的天使的慈悲，总之，一切的宗教信仰和不可磨灭的爱情呢？珠安娜懂得这生活，命运并不给她任何恩泽。她是整个的女人，不幸而苦痛的女人，不断受攻而随时宽恕的女人，金刚钻似的洁白无斑的女人；她有这金刚钻的美丽，这金刚钻的光辉，而在这美丽，这光辉里有个随时可以爆发的报复心情。她绝对不是一个骇怕尖刀插在背上的女子。

然而，笛雅尔却受到了个真正爱情的鼓励，一个暂时改变令人厌腻的性格而使心灵的一切美好特别显著的感情的激发。最初，他懂得怎么样做一个体面的人。他强迫孟特飞奥尔离开联队，甚至离开师部，免得他的妻子在他计算还得驻扎西班牙的短时间内碰到这个朋友。后来，军需官又请求调职，他居然能够调到皇家禁卫军里去。他希望能够用一切的代价去换取一个衔头，换取光荣，使他配得上他的财产。因为有了这个念头，他就在德意志我们的一个最血腥的战斗里特别显得勇敢；但是他却受到最危险的创伤，不能够再在军队里服务。他几乎要损失他的一只腿，他就退伍了，没有能够得到男爵的衔头，没有得到所希望的报酬，如果不是笛雅尔也许就能够得到的报酬。这桩事情，他的受伤，他的失望，都使他改变了他的性格。他那普鲁凡斯人的毅力，一时激奋的毅力，却忽然的消散了。不过，最初他还有他的妻子支持他，因为这些努力，这种勇气，这种雄心都使他的妻子信任她的丈夫，他的妻子而且还仿效那些在苦痛的生活里能够安慰人的温柔的女人。珠安娜的几句话激动了他，这退伍的步兵上尉就到巴黎来，决定要在政界里谋一个可以叫人尊敬的地位，让人家忘记了他是第六联队的军需官，使他能够有一天拿什么辉煌的衔头去给珠安娜当嫁资。他对这位令人爱恋的女人所有的感情也就帮了他去猜想她的秘密愿望。珠安娜守口如瓶，但是他却懂得她；他并没有像一个情人所梦想的那样的被爱；他知道这个，他愿意叫人尊敬她，爱她，宝贝她。这不幸的人，他感到幸福，因为他随时都发现他的妻子既温和又忍耐；但是这温和，这忍耐，却正好是珠安娜的退让的表现，就是这退让使他娶到珠安娜。这退让，这宗教，难道就是爱情吗？在他遇到贞洁的服从的时候，笛雅尔常常希望得到她的拒绝；他常常愿意牺牲他的永生去叫珠安娜赏他一个脸在他怀里痛哭，不要在一副假装笑容的高贵脸孔下隐藏她的思想。许多年轻人（因为到达了某种年龄，我们就不再斗争了）都愿意战胜随时在生活水平线上笼罩云雾的恶劣命运；在这些不幸的地狱里辗转的时候，他们就得计算这些他们所不知道的斗争。

笛雅尔跟多数人似的，他也试验一切的方法，一切的东西也都对他挑战。他的财产允许他给他的妻子包围上许多巴黎的奢华享受：她有一所大公馆，许多大厅，而领有一所充塞许多天性不好批评的艺术家，许多阴谋家，许多生来到处玩耍的年轻人，和一些时髦人物的房子。这些人物都爱慕珠安娜。要在巴黎出众的人不是得制驭巴黎，就是得服从巴黎。笛雅尔的性格还不够强旺，还不够精细，还不够坚定，他不能够指挥这时代的社会，因为这时代的每一个都希望能够出人头地。划分清楚的社会阶级也许倒是一个好现象，甚至于在民众看来，也是如此。拿破仑曾经告诉过我们他怎么样苦痛的镇压他的宫廷，让他的宫廷尊敬他，因为他的官宦从前多半都是他的同僚。然而拿破仑是一个科西嘉人，笛雅尔只是一个普鲁凡斯人。就是同样的才能，一个岛民也总要比陆居的人复杂，就是在同一的纬线上，隔离科西嘉岛和普鲁凡斯省的海湾也总要不顾人类的科学发明而把这两个地方变成两个完全不同的国度。

笛雅尔使这怪异的地位益显怪异，这地位又给笛雅尔产生许多大不幸。也许我们可以在构成这篇故事的结局的许多事实的无形联系中间得到一些有益的教训。先说，巴黎的谑笑家看了前任军需官拿图画去装饰他的公馆，就不免发出笑声。最近买到的艺术杰作就受到了许多无声责骂的包围，这是每一个人对西班牙抢来的艺术品给加上的同样责骂。这责骂其实是自尊心受到迪雅尔财富的刺激而生的报复行为。珠安娜懂得几个法兰西人专长的双关语。后来，因为了她的劝告，她的丈夫就把这些图画送回达拉冈去。但是决心拿恶劣念头去看事情的人众就说："笛雅尔真狡猾，他都把他的图画卖掉了。"品行端正的人还继续相信留在他厅里的丝绢不是正当的来路。几个妒忌的女人就问一个笛雅尔怎么能够娶到一个这样富裕、这样美丽的妻子。于是，就引起了无穷无尽的解说，无穷无尽的笑谑，因为巴黎人懂得这一行。然而，珠安娜却到处遇到人家对她的纯洁的宗教生活的敬重；这种生活可以战胜一切，甚至于巴黎式的毁谤。但是这种敬重却只止于她，而不及于她的丈夫。她的女性的聪慧和明亮的眼睛在她的客厅里飞翔的时候，都只给她带来一些苦楚。

这种轻蔑也还是自然的事情。无论人们怎么样的想象军人们的德性，军人们都不能够宽恕前任第六联队的军需官，正因为军需官有钱，而且要在巴黎出风头。在巴黎，自圣日耳曼镇的最后一所房子起到圣拉撒路街的最后一所旅馆止，在卢森堡小丘和孟马尔太山岭之间，一切穿好衣服闲谈的人（穿好衣服让他们出门，出了门让他们闲谈），一切大小器量的人，一切傲慢无礼，堆满卑贱的欲望，妒忌的阿谀的人，一切镀了金和褪了金的人，一切年轻和年老的人，一切昨日的贵族或第四世纪的贵族，一切嘲笑暴发户的人，一切只怕受灾祸的人，一切想要破坏权力的人（除了权力的反抗而反而去崇拜它之外），这一切的耳朵都听着，这一切的舌头都说着，这一切的智慧都在一个夜晚之间知道这位吹嘘要在社会上得到光荣的新来客所做过或没有做过的刚刚发生和刚刚发展的任何事情。如果国家没有给高等社会建立一个重罪审判所的话，这社会却遇有一个最残暴的高等检察官，一个聪明的，不可捉摸的人物，既是审判官，又是刽子手。他一方面提起公诉，一方面给罪人打上烙印。您别希望瞒他什么事情，您就亲嘴告诉他一切的事情，他要知道一切，他也知道一切。您别问他在一转瞬之间，在一切的地方立刻给他报告一个故事，一个笑话，一个新闻的无名电报是从哪里打来的；您别问是谁推动这机器。这个电报是社会的神秘，一个观察家只能够证明它的效果。我们可以举出许许多多难于相信的实例，但是只说其中的一个也就够了。柏利公爵在国立音乐厅被人刺杀的事情就在罪案发生之后第十分钟让人在圣路易岛上的边僻地方叙述着。就在笛雅尔第一次开跳舞会招待客人的当天晚上，第六联队对笛雅尔的批评就在社会上流传着。

所以，笛雅尔对这社会是无可奈何的。从此之后，只有他的妻子有力量替他做些事情。这真是这奇怪的文化的神迹！在巴黎，如果一个男人不知道自己是什么东西，他的年轻聪明的妻子还能够找些机会使他高升。在许多女人之中，我们还可以找到几个表面上虚弱多病的妇女，没有离开她们的沙发，没有走出她们的房间就能够统治社会，摇动成千的发条，把她们的丈夫安置在她们所要虚荣安置他的地方。但是在达拉冈流逝童年的珠安娜，她却不知道任何的恶习，任何的懈怠，任何巴黎社会的源泉。她用好奇女郎的心理去看这社会，她只懂得她的苦楚和骄傲给她揭发的一些事情。珠安娜而且有处女的机智，她能够跟感光板一样快的预先接受印象。孤单的年轻少女这样突然的变成了人妇，她懂得如果设法强制社会去尊敬她的丈夫，这就等于手里拿着手枪讨饭的西班牙女人。并且，她应当采取谨慎行动的次数不是给她表明这谨慎的必要吗？在不能够叫人家尊敬自己和让人家过分尊敬自己之间，拿笛雅尔来说，简直存在有一个深渊。她忽然猜到了社会的实情，正如不久以前她曾经猜透过生活似的，她只给自己到处看到一个无可救药的无边不幸。她而且还觉得悲哀，因为她太晚认识丈夫的过分无能，丈夫的矛盾思想。他一点儿也不知道他应当在社会里演唱什么角色，他既抓不住社会的全貌，也抓不住社会的细节，然而这些细节却整个的排在那里。他难道不是存在于这种容易由精细去代替力量的环境里吗？但是，可以到处成功的精细，这精细也许竟是一切力量之中的最大的一个。

笛雅尔不但不能够拭干他的前人所留下的油垢，而且费了许多力量去扩大它的范围。比方说，他并不知道帝国的变化正在需要细加研究的阶段而却希望受命当州长，虽然他只是一个少校。那时候，社会上每一个人几乎都相信拿破仑的天才，他的宠幸增高了一切职位的重要性。州署是小型的帝国，只能够由伟大的姓名，皇帝和国王阶下的侍从去管理。州长们都已经变成了大臣。所以，培植伟人的人们就嘲笑少校承供的雄心，笛雅尔也只好请求县长的位置了。他的谦卑的野心和庞大的财产之间实在有个可笑的失调。开放王宫一般的沙龙，过着异常豪富的生涯，而离开了百万富翁的生活到伊苏当或沙夫奈伊去，这难道不是降低身价吗？珠安娜太晚知道我们的法律，太晚知道我们的习俗，太晚知道我们的政界风气，所以，也就太晚让她的丈夫明白。失望的笛雅尔继续不断在权贵跟前请求一官半职；到处碰钉子的笛雅尔什么也没有当上，社会于是就批评他，仿佛政府和他自己批评自己似的。笛雅尔在战场上受过重伤，但是他并没有得过勋章。富裕而没有地位的军需官不能够在国家里得到任何一个官职；社会很合逻辑的拒绝他在社会上所冒充的地位。总之，这个可怜的人在家里常常感到妻子比他优越。虽然她利用一个柔软的接触（如果我们可以这样大胆的应用这个形容词的话）去给丈夫隐蔽连她自己都觉得奇怪的受屈的优越性，笛雅尔终于也受到了影响。这样做法的结果只有使男人们沮丧，不是奋发有为，就是变成恶劣。这个男子的勇气或感情于是就必须随着错过给加在自尊心上面的不断鞭打而衰弱了，他也就错上加错了。最初，他得跟一切斗争，甚至于他的习惯和他的性格。这个多情的普鲁凡斯人，这个在恶习和德性两方面都很率直坦白的男子，他的纤维就像是竖琴的丝弦，他对他的老朋友都很关心。他救援陷进污泥的穷人，同时也帮助破产落魄的上等社会。总之，他赞助一切的人，就在他那镀金的客厅里给穷苦的魔鬼们伸出救援的手。看了这情形，帝国的将军（这是不久就不再存在的一种人物）遇到他的时候，就不给笛雅尔举剑致敬，而傲慢的对他说："亲爱的!"将军们拿军人的和善态度去遮蔽傲慢的地方，笛雅尔所看到的少数上流社会的人物就给他显露漂亮的细加润色的轻蔑，使一个新进的人无从抵抗。总之，笛雅尔的态度，他那一半意大利式的指手画脚，他的谈吐，穿衣服的方式，他的一切都拒绝一般人去尊敬他，因为遵守高雅的趣味是一种牢不可破的社会传统，只有伟大的权力才可以加以动摇。这就是社会的实况。

这些琐事略可描绘前仆后继而来围攻珠安娜的万千苦刑。每一个社会情况都给她带来一个针刺似的打击。笛雅尔受到伤刺而不自觉，珠安娜感到刺激而不受伤，这种斗争在一个宁愿接受刀伤的灵魂看来，难道不是包含有许多猛烈的苦痛吗？一个可怕的时刻终于到来了，这时刻使她对社会有一个敏悟的观察，她一下子感觉到一切给她预先堆积在那里的苦楚。她断定她的丈夫绝对不能够攀登社会的阶梯，她猜到将来没有了心田他就会堕落到什么地步。思念及此，珠安娜不禁可怜起笛雅尔来了。这个年轻少妇的前途是暗淡的。她总是恐惧大祸来临，而不知道这大祸要从什么地方飞来。这种预感就存在于她的心里，仿佛传染病的毒菌存在于空气中间似的。但是她却懂得找到力量去拿微笑来遮掩她的忧愁。她终于不再想到自己了。珠安娜施展她的影响去使笛雅尔放弃野心，给他指示家庭生活怎样是个温柔可爱的避难所。苦痛来自社会，我们不是必须和社会隔绝吗？笛雅尔在家里找到了和平，找到了尊敬；他就在那里统治着。她觉得有相当的力量让她去接受这艰难的责任，使他变成幸福的，他，他这个不满意自己的人。她的毅力随着生活的困苦而增高，她有她的地位所必要的秘密的英雄作风，支持天使去负责保护基督徒的宗教欲望熏陶了她，因为这迷信的诗意幻想是表现我们的双重性格的寓言。

笛雅尔放弃了他的计划，关上了家门，生活在自己内部，如果我们可以拿一句俗话来说的话。但是暗礁就在这里。可怜的军官有一个古怪的心灵，他需要不断的活动。笛雅尔是一个走到一个地方就由本能逼着离开的人，他的主要目的就是不断的来来往往，仿佛《圣经》所说的车轮似的。也许，他还想方法自己逃走呢。他并没有厌腻珠安娜，他不能够责备珠安娜，他对她的占有使他对她的感情变成平静的。他也就因此而恢复了他的天性。从此之后，他就更加沮丧了，他常常迸发南方人的暴怒。一个女人越是有品行，越是无可责难，一个男子就越喜欢寻找她的错过，如果他的目的不过是要争取合法的优越地位的话；但是，如果偶然间她对他有绝对的威严，他就觉得有给她制造许多错过的必要。

于是，夫妇之间的小小事故就渐渐的变成了阿尔卑山那么大。但是，忍耐谦虚的珠安娜却是温和的，她没有女人们给屈服的生涯投去的酸楚。她并没有理会丈夫的恶意计算，这是一切恶意计算之中最酸涩的一种。她而且是一个绝不会缺少责任心的高贵女人；她的眼睛表露出又纯洁又神圣的生命的光辉，这殉道者一般的眼睛有一种摄获心灵的魔力。笛雅尔最初觉得刺眼，最终就认为这崇高的品德是他的一个威胁。妻子的贤慧叫他无从发作，然而他却只愿意有剧烈的刺激。我们可以在许多心灵深处找到万千的幕景，都是在这种表面单纯庸俗的冷酷生活下扮演出来的。虽然这些小悲剧不能够扮演多少时间，它却很早就侵入了我们的生活。这些小悲剧在大部分的婚姻里几乎都是大不幸的预兆。我们很难选择其中的一个例子。不过，我们总可以找出一个特殊的幕景来让我们明白这两个人的生活什么时候开始互不了解。这也许可以帮助我们解释这篇故事的结局。

珠安娜幸而有两个孩子，两个男儿。第一个是结婚之后七个月出世的，名叫珠安，面貌肖似他的母亲。来到巴黎之后两年的光景，她又生了第二个男孩。这个孩子既像笛雅尔，又像珠安娜，不过比较的更像父亲罢了；他承继了父亲的姓名。五年以来，小佛兰苏都是珠安娜的细心看顾的对象。母亲常常照应这孩子：她给他许多爱抚，许多的儿童玩具，特别是许多深切的目光，从襁褓的时期起，珠安娜就侦察他，研究他的啼哭和动作；她要猜想他的性格来给他进行教育。珠安娜好像只有这个孩子似的。普鲁凡斯人看到珠安几乎被漠视，就把这孩子带在身边让自己来保护他。这个丈夫并没有解释到底这小孩儿是不是使他娶到珠安娜的暂时爱情的结晶品，他就在一种令人敬服的阿谀之下把他看做是个宠儿。笛雅尔夫人只从一切侵吞她的血统遗传当中接受了母爱的情绪。但是她却拿故事的楔子所述的玛拉娜的热情，温厚的忠诚，社会的德性去爱护她的孩子，因为实行社会的德性就是她的生活的光荣，她的亲切的补偿。秘密的思想和母爱的心田都给玛拉娜的生活留下一个俚俗诗歌的烙印，但是这些却是珠安娜的公开的生活，珠安娜的一个随时随刻的安慰。她的母亲暗地里是个有德性的女人，就像其他的女人暗地里是些罪犯似的；她偷走了不法的幸福，而没有享受过这福祉。但是珠安娜倒因为有德性而不幸，仿佛她的母亲因为有罪过而痛苦似的。她随时都可以找到她的母亲所竭力羡慕的不可言传的甘美滋味，然而这些滋味却不是她的母亲所能享受的。她也跟玛拉娜似的，认为母爱包含有一切人世的情绪。母女俩都因为相反的原因而不能在困苦里找到其他的安慰。珠安娜也许要比她的母亲更爱孩子，因为在爱情方面断了奶，她就拿儿子们的快乐来代替她所缺乏的一切欢乐，因为高贵的感情和恶习有同样多的快乐：这些欢乐越加满足就越加增多。母亲和赌徒都是难于满足的。珠安娜看见笛雅尔的父爱情绪每天都给珠安的头加上仁慈的宽恕，就受了感动；夫妇俩互相交换职务的一天，这位西班牙女人只为着责任感而给加在笛雅尔身上的关怀就变成了深长而真切的。如果这个男子的生活不是这样的前后不一致，如果他不是拿莫测风云的性格去破坏一个真正多情（虽然有点神经质）的女人的光辉，珠安娜一定会爱他的。不幸得很，他是这种聪明而前后矛盾的南方人——前一天大有作为，后一天就一无所能；常常当了自己的品德的牺牲品，又常常因为恶劣的嗜好而快乐；如果这些南方人的品德有一种恒定的毅力去维持共同的联系，他们就是值得钦佩的。两年以来，笛雅尔就这样的在家里当了最柔和的锁链的俘虏。妻子的自形喜乐在他看来很有意思。她拿女性的才能借着德性的名义来给他献媚，然而她的狡猾却没有走到给他假装爱情的地步。笛雅尔就在这么一个妻子的制驭下无可奈何的生活着。

这时候，全巴黎的人都忙着谈论一位从前的上尉怎么样在极端荒唐的生活里杀死了一个女人。笛雅尔回家吃晚饭的时候，告诉珠安娜这个军官的死法。他要避免刑事官司的耻辱，不名誉的刑场斩首，就自杀了。珠安娜起先不明白这行为的理由，她的丈夫也只好给她解释法兰西的法律怎么样的并不追究死人的罪行。

“可是，爸爸，你上次不是告诉过我们，国王可以开恩赦罪吗?”小佛兰苏问。

“国王只能够给人留下一条生命!”珠安带怒的回答他说。

笛雅尔和珠安娜看了这景象，各有各的感觉。妻子对长子投去的快乐潮湿的眼色终于给丈夫揭开了一直到这时候为止都无从探究的秘密心田，长子，长子是整个的珠安娜；长子，珠安娜认识长子；她相信他的心田，他的前途，她崇拜他，她对他的热爱仍然是她，她的儿子和上帝之间的一个秘密。珠安本能的欣赏母亲的责骂；没有别人在场的时候，母亲往往把他抱得紧紧的；但是在他的弟弟和他的父亲跟前，她却仿佛跟他赌气似的。小佛兰苏是笛雅尔的样子，珠安娜对她的看顾正好说明她要在这儿子身上去破除父亲的恶习，鼓励他去修养品德。珠安娜没有料到她的眼色已经说了太多的话，她把小佛兰苏抱在身上，教他一个适合他的智慧的功课。她的声音是温和的，然而却仍旧带有珠安的回答使她快乐的激动腔调。

“他的性格需要好好的看顾。”孩子的父亲对珠安娜说。

“是的。”她简单的回答说。

“可是，珠安!”

笛雅尔夫人听了这句话的声调，不禁吓了一跳，瞧了瞧她的丈夫。

“珠安生来就是十全的。”他加上一句话说。

说毕，他就沉闷的坐了下来；可是看见妻子默然不语，他又接着说；

“您的两个孩子当中，您一定更爱其中的一个。”

“您很清楚这个。”她说。

“不，”笛雅尔答辩说，“一直到现在为止，我还不知道您到底喜欢哪一个。”

“可是，他们俩谁也还没有让我发愁。”她激奋的回答说。

“是呀，可是谁更叫您快乐呢?”他更激奋的问。

“我还没有计算过。”

“女人们都是虚伪的!”笛雅尔喊道，“您敢说珠安不是您心爱的孩子吗?”

“要是这样的话，”她用高贵的态度回答说，“您难道就认为这是一个灾祸吗?”

“您从来就没有爱过我！要是您愿意爱我，我就可以为您而征服许多王国。您知道我所努力过的一切事情，这都只是为的要您高兴。啊！要是您爱过我的话……”

“一个爱丈夫的女人，”珠安娜说，“总是生活在孤寂里，离远社会。这难道不就是我们所做的吗?”

“我知道，珠安娜，您从来就没有错过……”

这句话带有深长的苦涩意味，给他们的余生投去了一道冰冷的空气。

这惨痛的日子的第二天，笛雅尔到他的一个旧朋友家里去，在那里重新找到赌博，消遣。不幸他赢了许多钱，他也就开始他的赌博生活了。后来，一种不自觉的倾向又渐渐的牵引他恢复从前所过的挥霍生活。不久，他就不在家里吃饭了。几个月的光阴就这样的让他享受一种独立生活的初期幸福。他愿意保持他的自由，就离开了他的妻子；他把大的公寓让给了她，自己住在中间楼里。一年尽头的光景，笛雅尔和珠安娜只在早晨吃饭的时候互相见了一次面。最后，他就跟一切的赌徒似的忽而赢钱，忽而输钱。他不愿意积蓄，就想从他的妻子手里抽回应用收租的权利；所以，有一天，他就收回了她在管理家务方面所有的款项。绝对相信她之后，接着却来了不信任的提防。随后，他就在从前不分彼此的财政制度里采取了付给月费的办法，去适应妻子的需要，彼此商量好定下一个数目；这一桩事情的谈判就成为了最后一次的亲密会谈，结婚生活中的一个最能迷人的蛊惑。自从大家不再说“咱们”的日子起，两个心灵之间的默然无语就表现了真正的事实上离婚。珠安娜明白从这一天起她只是一个母亲，她倒因此而觉得幸福，不去追究这不幸的原因。这时她的一个大错误。孩子们让两个夫妇能够孤单的各求各的生活，而丈夫的秘密生活也不应当只是珠安娜的忧愁题材。解放了的笛雅尔立刻习惯于大量的输赢。他是一个漂亮的，伟大的赌徒，他的赌术也就名闻遐迩了。他在赌桌上堆积的资金，他在每一次赌博里表现的出色才能，这些都叫他在复辟时代获到了他在帝政时代没有得到的地位。许多的钦差大臣，许多的肥胖银行家，许多的富翁，一切生活过分紧张而向赌博追求过分欢乐的人众都在他们的俱乐部里钦佩笛雅尔。他们很少待在自己家里，大家都跟他在一块儿赌博。笛雅尔变成了时髦人物。冬天时节，他的骄傲也叫他请了一两次客，去回报他所受到的招待。于是，珠安娜就从这些欢乐，这些跳舞会，这些奢华，这些光彩的景象里重新见到社会。不过，在她看来，这也只是对她的孤寂生活的幸福所课的捐税罢了。她是这些隆重典礼的王后，她，她就仿佛一个不知道从哪一重天下凡的仙女似的出场。她的天真是任何的东西都不能够腐化的，她的美丽童贞是新生活的新习惯使她恢复的。这天真，这童贞，这美丽，这真正的谦让使她赢得了许多诚恳的敬意。但是，因为看见她的客厅里没有多少女人，她就懂得纵使她的丈夫居然瞒着她进行一种什么新的计划，他总还没有在社会上得到任何敬重。

笛雅尔并不永远走运；三年之内：他消耗了家产的四分之三；但是他的嗜好却给他必要的毅力去求得满足。他结交许多朋友，尤其是交易所的一些浪子——这些人在大革命之后建立有一个原则，认为大规模的偷窃只是一种污点，把十八世纪给爱情规定的无耻格言就这样的搬进了保险箱里来。笛雅尔变成了一个投机家，他进行王宫①的隐语所谓的可疑的事业。他懂得从一些不认识事务所的穷鬼手里买到他在一天晚上就可以办理完竣的纠缠不清的拍卖，跟负责拍卖的清算员瓜分利益。后来，找不到可以清算的欠债时，他就去寻觅浮动的公债，在欧洲，野蛮民族和美洲各国发掘许多失掉权利的债务，使之变成活债。复辟政权还清王公的债务，共和国和帝政时代的公债的时候，他就让人家委托去进行借款，开发运河和一切种类的企业。总之，他实行一种合法的盗窃。这种盗窃是许多戴着假面具或躲在政治舞台背后的人物所专心从事的，是在街里微弱的路灯光下进行的。它可以把一个不幸的人送到监狱里去，但却受到剜形饰和多枝烛台的金色光芒的制裁。笛雅尔囤积食糖，高价出售。他贩卖职位。他有制造“稻草人”的名声，拿它去充任一些有利的职务，一直保守这些职务到获得更好地位的时候为止。随后，他就想到赏金，他就研究法律的缺点，他就进行合法的走私。如果要拿一句话来描写这个高等商贩，我们就可以说他是在购买十五张立法投票，使这些票一夜光景从左派议席跑到右派议席去的勾当里请求百分之几的酬谢。这种行为已经不是犯罪或盗窃了：这是让人取得政权，叫政府借款给工业界，使人家当财政首长的问题。舆论把笛雅尔安置在已经有不少精明强干的人物坐在上面的丑鬼的座位上。这里就是罪恶权威

① 王宫是巴黎的一个热闹的娱乐场。

的所在。这是高等流氓的参议院。所以，笛雅尔并不是戏里扮演的下流而至于讨饭的庸俗赌徒。这种赌徒已经不存在于相当高级的社会里。今天，这些大胆的光棍都在恶习的牵引，财富的驾驭下光荣的死去。他们在华丽的马车里举枪自杀，带走了人们给加在身上的一切颂赞。笛雅尔的才能叫他不至于廉价购买他的悔恨，他变成了一个有特权的人。他懂得一切的政府机器，一切的秘密，统治阶级的嗜好。他懂得怎么样在他投身其间的猛火里保持地位。笛雅尔夫人不知道丈夫的污脏生活。丈夫的遗弃使她满意，她最初并不惊异，因为她的一切时间都有事儿让她去忙。她把她的钱都花费在孩子们的教育上，给一个非常有才气的教师和完美教育所必需的一切老师付出薪水，她要把孩子们教养成年，使他们有正确的推理，而不减低幻想的力量；她只为他们而有感觉，她不再悲痛惨淡无光的生活。在她看来，孩子们就跟许多的母亲平常所想的似的，他们是她的生命的延续。笛雅尔只成为了她的生活的一个偶然事故。自从笛雅尔不再当父亲、当家长的时候起，除了社会习惯所要求的以外，珠安娜都不再和他有什么关系。然而，她却教导她的孩子去尊敬他们的父亲，虽然这在孩子们看来简直是无从捉摸的。但是，她也非常高兴能够因为丈夫的不断离家让她来进行这教育。如果笛雅尔待在家里，他就可能破坏珠安娜的一切努力。孩子们已经学会了精细的技巧，不去批评他们的父亲。批评父亲就等于精神上的弑父。不过，到了最后，珠安娜也就不再放纵她的丈夫了。这放纵的情绪甚至都变成了恐惧。有一天，她觉悟到父亲的行为能够长期影响孩子们的前途；有的时候，她的母爱的柔情也给她模糊的揭露这真理。一天过一天，她对这不可避免的无名灾祸的领会（她就继续的生活在这灾祸里）也越加炽烈起来了。所以，就在珠安娜偶然见到笛雅尔的时候，她就朝着他那一副因为熬夜而发火，因为紧张而蹙皱的深凹的脸孔射去一道刺人的目光，几乎都叫笛雅尔战栗。他偶然间忘记装出快乐样子的时候，他的虚假的兴致比起他的阴沉忧虑的表情来都还要叫她受惊。他就跟囚犯骇怕刽子手似的骇怕他的妻子。在珠安娜看来，他简直就是孩子们的耻辱。笛雅尔只怕她是一个冷静的复仇神明，一个额头清朗，手臂高举，随时带有武器的审判官。

结婚之后十五年，笛雅尔终于逢到了穷途末路。他短了十万厄古的债，然而好容易才有十万佛郎。他的公馆（唯一的看得见的财产）已经拿去抵押一笔超过房价的款项了。再过几天，豪华的生活给产生的威望就要消灭了。从前是慷慨好施的日子，现在却没有一个人给他伸出救援的手，给他打开钱包。并且，除非有什么有利的事变，他就要堕进被人轻蔑的泥浆里，也许要堕得比他所应受的还要深，正因为他站在非分的崇高地点。他听说，水季的时候，比利牛斯山的湖沼区来了许多出类拔萃的外国人，一些外交家，都是赌鬼，而且都带了许多钱来。这消息叫他快乐，他就立刻决定到比利牛斯去。但是，他不愿意他的妻子留在巴黎，只怕有债权人来告诉她关于他的悲惨景况。他带了她和两个孩子一同去，甚至都拒绝让他们的教师同行。他身边只带着一个仆人，他好容易才答应珠安娜带她的随身女仆走。他的声调变成了短促的，威严的，他仿佛又找到了他的毅力。珠安娜猜想不出这突如其来的旅行到底是什么原因，它使珠安娜不寒而栗。她的丈夫快乐的步上征途。大家都特别接近的挨在车里，父亲一天胜似一天的表现他对孩子们的关怀，他对珠安娜的爱护。然而，每天都给珠安娜带来许多可怕的预感，母亲们所有的预感。虽然这种预感并没有表面上的原因，而能使母亲们发抖，然而只要她们这样的发抖，她们总不会落空的战栗；在她们看来，前途似乎是更渺茫的。

到达保尔都的时候，笛雅尔在一条清静的小街里的租到了一所装饰清洁的小房子，让他的妻子居住。这所房子凑巧坐落在街角上，有一个大花园。这房子只有一边连接邻舍，其他三方面都可以让人看得见，走得到。笛雅尔付了租钱，只给珠安娜留下三个月的必要的生活费；他好容易才给她五十路易。笛雅尔夫人怎么样也想不出这样例外的吝啬是什么原因。丈夫告诉她他要到湖沼区去，她得留在保尔都的时候，珠安娜就计划让她的两个孩子好好的学习西班牙文，意大利文，叫他们念读这两种文字的主要杰作。所以，她就要过一种隐居的生活，简朴而经济的生活。为着免除物质生活的烦琐起见，笛雅尔动身之后的第二天，她就跟一个食堂主人商量给她供应饭食。她的随身女仆够得她的使唤，她虽然没有钱，然而却够得让她用到丈夫回来的时候为止。她的快乐就是能够跟她的孩子一块儿出去散几次步，那时候，她已经三十三岁了。发挥到最高峰的美丽发出整个的光彩。所以，当她出门的时候，保尔都人都只谈论这个美丽的西班牙女郎。看了她所收到的第一封情书，珠安娜就只在自己的花园里散步。笛雅尔最初在湖沼区大走红运，他两个月赢了三十万佛郎，没有想给他的妻子送钱去，因为他要保留许多资本去大赌一场。最后一个月的月底，孟特飞奥尔侯爵也到湖沼区来了。他的财产，他的美貌，他跟英吉利大家闺秀的幸福姻缘曾经叫他出过名，他又因为嗜赌而更加闻名了。他的旧友笛雅尔要在那里等待他，目的要把从他身上剥下的金钱加在从别人身上剥下的银钱上面。一个武装有四十万佛郎左右的赌徒总是居留在控制生活的地位上，自信走运的笛雅尔就跟孟特飞奥尔重修旧好了。孟特飞奥尔冷淡的迎接笛雅尔，然而他们却赌起博来了。笛雅尔输了他所有的一切金钱。

“亲爱的孟特飞奥尔，”前任军需官完全破产而在赌厅里走了一个圈儿之后，就对孟特飞奥尔说，“我短您十万佛郎，但是我的钱在保尔都，我让我的妻子留在那里。”

笛雅尔口袋里的确存有一百张钞票；但是一个惯于利用一切机会去发财的人的敏锐目光却叫他希望在难于逆料的赌博嗜好里解决问题。孟特飞奥尔曾经表示过要到保尔都去游历。如果清了账的话，笛雅尔就一个钱也没有了，他也就不能够报复了。有的时候报复可以收回从前的一切损失。然而这热烈的希望都只依赖于侯爵的答复。

“你等一等，亲爱的，”孟特飞奥尔说，“咱们一块儿到保尔都去罢。凭良心说，我现在相当的富裕，我不希望拿一个老朋友的钱。”

三天之后，笛雅尔和这位意大利人都到了保尔都。大家都要互相的报复。一夜的功夫，笛雅尔开始还了他的十万佛郎，但是口头的下注又使他输了另外二十万佛郎。这位普鲁凡斯人就跟一个惯于在金银里洗澡的人似的快乐。十一点钟刚刚打过，天气非常的好；孟特飞奥尔也跟笛雅尔似的需要在天空底下呼吸，散步，来恢复他们的精神：笛雅尔给孟特飞奥尔提议到他家里去取钱，同时去喝一杯茶。

“可是，笛雅尔夫人呢?”孟特飞奥尔说。

“噢!”普鲁凡斯人说。

他们一同走下楼来；但是，在取帽之前，笛雅尔就走进了饭厅里来，问人家要了一杯水；正当人家给他取水的时候，他就纵横的走，偷偷的从一堆带有螺钿柄的小尖钢刀里取了一把。这些刀是人家预备饭后切果子吃用的，还没有排好。

“你住在哪儿呀?”孟特飞奥尔在院子里问他，“我得叫我的车到你的门口去。”

笛雅尔指明清楚他的房子。

“你懂得，”孟特飞奥尔挽住他的手臂，低声对他说，“因为我跟你在一块儿，我什么也不怕；但是，要是我一个人回来，要是有一个无赖跟着我来，我可正好等着让他杀死。”

“你到底带了多少钱呀?”

“噢！几乎一个钱也没有带，”多疑的意大利人回答说，“我只有我所赢的钱。可是这还可以让一个叫化子发财，他也一定可以半辈子当个老实人。”

笛雅尔把意大利人带到一条荒凉的街道里来。他注意到这里有一所房子，房门就开在一条两旁都是又高又黑的墙壁的种有树木的马路的末端。来到这个地方的时候，他居然有勇气命令孟特飞奥尔走在前面。孟特飞奥尔懂得笛雅尔的意思，就转过来要笛雅尔跟他一块儿走。于是，正当两个人开始踏进马路一步的时候，笛雅尔就跟老虎似的拿脚勾了侯爵的膝部后节，绊倒了侯爵，大胆用脚踏住侯爵的咽喉，朝着心坎刺了好几刀。他的刀锋也就在侯爵的心脏里折断了。然后，他就搜索孟特飞奥尔的身，拿去了侯爵的钱包，银钱，一切的东西。虽然笛雅尔是拿敏悟的疯狂、扒手的迅速做到这地步，虽然他很巧妙出其不意的下手，孟特飞奥尔却有时间来得及喊呼：“凶手杀人哪！凶手杀人哪!”他的声音是清晰而尖锐的，可以震撼酣睡的人的五脏。他的最后的气息简直就是可怕的叫唤。笛雅尔没有想到正当他们走进马路的时候，一群看完戏走出戏院的人众正好走到街道的上头，他们都听到临死的人的喊叫，虽然普鲁凡斯人设法堵塞他的声音，拿脚狠命踏住孟特飞奥尔的咽喉，慢慢的止住了他的喊叫。这些人于是就朝着马路跑来，高墙的回音给他们指示发生罪案的正确地点。他们的步声回响在笛雅尔的脑海里。但是凶手还没有失去他的智慧，他就离开了马路，奔入街道，慢慢的走着，仿佛一个认为来不及救命的好奇的人似的。他甚至于都转头来看一看到底忽然到来的人众能够跟他有多少远的距离。他看见他们急忙奔入小径，只有其中一个人因为不足为奇的谨慎而观察笛雅尔。

“就是他！就是他!”就在走进小径的人众看见孟特飞奥尔躺

卧地上，旅馆关上了门，到处的搜索都找不到凶手的时候，他们就这样的嚷着。

喊叫混成一片的时候，心里早已听到这声音的笛雅尔就找到了狮子一般的力量，麋鹿一般的跳跃，开始跑了，或说得更确切一点儿，开始飞了。他看见或自以为看见在街道的另一头有一大堆人，于是他就奋身奔入一条横切的街道里去。但是，一切的十字窗都已经打开了，每一个十字窗口都露出许多人头，每一扇门都透出叫声和亮光。笛雅尔要救护自己的生命，他就一直向前头的道路奔去，仿佛就在亮光和哄叫的声中飞跑；他的腿太轻快了，他居然能够跑在哄叫的前面，虽然他不能够避免更快看到他还没有跑过的空间的眼睛。居民们，兵士们，警察们，全区的人都在转瞬之间行动起来了。军官们叫醒了警察分局局长，其他的兵士就守卫死尸。叫声一片的传播，仿佛火焰似的随着逃犯飞驰，传到了法官们所居住的市中心。笛雅尔有一切梦景似的感觉，让他去听全城的人呼号、奔跑、发抖。然而他还保留有他的思想和智慧，他伸手摸墙去拭干他的血迹。最后，他就到达了自己的花园的墙。他相信已经瞒过了追捕者的眼睛，因为他已经跑到了一个安静的地方，不过他还可以听得见远处传来的城里的号叫，仿佛海水的啸鸣似的。他从一条小溪里汲来了一些水，喝了它。他看见一堆残余的石子，就把财宝埋藏其间。罪犯不能够综合判断他们的一切行为而忙着用灭迹的手段企图证明无罪的时候就有这种空泛的思想；他也就是听从这思想而把财宝埋藏在石堆里的。埋藏既毕，他就设法采取一种安祥的态度，设法微笑，轻轻的敲打他的家门，希望不让任何的人看见。他凝起双眼，从百叶窗里看见照耀妻子卧室的烛光。然后，他的脑海就在昏乱里浮上了珠安娜坐在两个孩子中间的温存的生活印象，使他觉得仿佛是受到斧击似的。女仆开了门，笛雅尔立刻奋激的一脚把门重新关上。这时候，他才喘出一口气，但是他却发现自己满身是汗，他待在黑影里，把女仆打发到珠安娜身边去。他拿出一条手绢，拭一拭他的脸，把衣服穿齐，仿佛一个自负不凡的少年走进一位美丽女郎的家之前放开上衣的襞襀似的。然后，他就走到月光底下去细察他的手，摸一摸他的脸。他看见自己没有任何血迹，不禁做了一个快乐的动作，血液无疑的就流在牺牲品的尸体上。罪犯的装束需要一些时间。他态度冷静的走到珠安娜房间里来，仿佛看完戏回来睡觉的人似的。登上楼梯的时候，他居然能够想到他的地位，把它归纳成两句话：出去，到港口去。他并不是想到这两个念头，而是看见这两句话由火给写在黑影里。一旦到了港口，白天躲了起来，夜里回来寻找财宝，再跟一只老鼠似的藏在一只船底，他就可以悄悄的跑了，没有让人怀疑他在船里。这一切都得先有钱！然而他却一文莫名。女仆前来给他照路。

“法丽丝，”他对她说，“您听见街里的声音，街里的喊叫吗？出去打听打听到底是怎么一回事儿，您再告诉我……”

她的妻子穿着白色的夜衣，坐在一张桌子旁边，教导小佛兰苏和珠安念读一本西班牙作家塞万提斯的书。她给他们高声朗诵，他们也就跟着念读。他们三个人都停了下来，瞧着笛雅尔。笛雅尔屹立不动，两只手插在口袋里，他也许相当惊异的发现自己是在这灯光温和，这因为妻子和孩子们的脸孔而更加安祥的景象中间。这是一张描写圣母坐在圣子和圣约翰中间的活画。

“珠安娜，我有几句话跟你说。”

“什么事情呀？”她从丈夫的灰黄脸色里猜到她每日等待的灾祸，就这样的问。

“没有什么，不过我要跟你说几句话……，跟你，……跟你一个人……”

说完，他就两眼盯住他的两个孩子。

“亲爱的小宝宝，你们到你们的房间睡觉去罢，”珠安娜说，“用不着我，你们自己祈祷去罢。”

两个孩子静悄悄的出去了，他们毫不惊奇的顺从母亲的吩咐，因为他们有好教养。

“亲爱的珠安娜，”笛雅尔用温和的腔调接着说，“我没有给你留下多少钱，我现在很抱歉。听我说，自从我没有让你操心家事，给你一笔生活费以来，你不是跟其他的女人似的也节省下一点儿钱吗？”

“不，”珠安娜回答说，“我一点儿钱也没有节省下。你没有算到孩子们的教育费。我不责骂您，我的朋友，我给您提起这事情，不过是要给您解释我没有钱罢了。您给我的钱我都拿来付给教师们薪水，而……”

“够啦，”笛雅尔粗暴的叫了起来，“他妈的！时间宝贵。您没有首饰吗？”

“您清楚我从来不戴首饰。”

“那末，这里就一个铜子儿也没有了！”笛雅尔疯狂的嚷。

“您干吗嚷啊？”她说。

“珠安娜，”他接着说，“我刚杀死一个人！”

珠安娜朝着孩子们的房间跳去，关了一切的门，又走了回来。

“但望您的孩子们没有听见任何一句话，”她说，“但是，您到底跟谁打架啊？”

“跟孟特飞奥尔。”他回答说。

“啊！”她叹了一口气说，“这是您有权利去杀死的唯一的人……”

“许多的理由都叫他应当死在我手里。但是我们不要浪费时间。给我钱，给我钱，我用上帝的名义请求你！人家可能追捕我。我们并没有打架，我只把他……杀死了。”

“杀死了！”她喊道，“怎么杀的呀？……”

“就跟人家杀人似的杀死他；他在赌场上偷走了我的一切财产；我再从他手里重新拿回来。珠安娜，因为我们没有钱，一切平静了的时候，您得到您知道的那一堆石子里去找我的钱，就是街头的那一堆石子。”

“哎，”珠安娜说，“您原来偷了他的。”

“这跟您有什么相干呢？我不是得逃吗？您有钱吗？……他们追我来了！”

“谁？”

“审判官！”

珠安娜走了出去，突然又走了回来。

“拿去罢，”她一边说，一边远远的给他递过一个首饰，“这是拉古尼亚夫人的十字章。那里有四颗值钱的红宝石，人家告诉我。好，您去罢，您去罢，……您就去罢！”

“法丽丝没有回来，”他呆傻的说，“她是不是让人家捕去了呢？”

珠安娜把十字章放在桌边，奋身向着朝街的窗口跑去。她从那里在月光底下看见有许多兵士一声不响的沿着墙壁布哨。她又走了回来，装着镇静的态度，对她的丈夫说：

“您一分钟也不要浪费，您得从花园逃走。这是小门的钥匙。”

然而，她又用谨慎的姿势，朝着花园瞧去一眼。她看见在黑影里的树木下面有警察的银色帽边给反射出来的光芒。她甚至于都泛泛的听到人众的呐喊。这些人众都是因为好奇而来的，然而每一条街口都有一个哨兵把他们拦住。事实上，探头窗口的人众已经认出凶犯是笛雅尔。一忽儿，由于他们的指示，由于在受到人家的威吓而终于被捕的女仆的指示下，军队和人众就堵住了两条街。笛雅尔的房子就坐落在这两条街的拐角里。十来个戏院出来的警察包围了这房子，其他的就爬过了花园的墙，加以搜索，因为捉拿现行犯可以允许他们有这权利。

“先生，”珠安娜说，“您出不去啦。全城的人都在那儿……”

笛雅尔好像笼中之鸟见光即撞似的疯狂的跑到各窗口。他到处寻找出路。珠安娜呆呆的站着，若有所思。

“我可以藏在哪儿呢?”他说。

他瞧了瞧壁炉；珠安娜看了看两条空着的椅子。她仿佛刚看见两个孩子还坐在那里。这时候，朝街的门忽然打开了，许多脚步的声音就在院子里荡漾着。

“珠安娜，我亲爱的珠安娜，请您开恩给我想个好办法。”

“我去给您想个办法，”她说，“去救您。”

“啊！您要变成我的好天使了。”

珠安娜又回来，给笛雅尔递过一枝手枪，转去她的头。笛雅尔没有取手枪。珠安娜听见院子里有声音，人家正在院子里把侯爵的尸体放在地上，来跟凶手对质。她又回头，看见笛雅尔一脸的又青又白。这个男子自己觉得不能自持，他要坐下。

“为着孩子们的前途，请您自杀。”她一边对他说，一边把武器放在他手里。

“可是，好珠安娜，我的小心肝，你相信我……？珠安娜，得这么忙吗?……我要抱吻你……”

警察们登上楼梯的层级。珠安娜又拿起了手枪，朝着笛雅尔瞄准，不顾他的喊叫，抓紧他的喉咙，扼住他，向他的脑袋开了一枪，再把武器扔在地下。

这时候，房门忽然开了。一个推事，一个医生和一个推事的书记都跟在一个检察官后面，还有警察们，总之，一切人间的法律都出现了。

“您们要什么啊?”她说。

“那是笛雅尔先生吗?”检察官指着弯成两段的尸体，回答说。

“是的，先生。”

“您的袍子充满血迹，夫人……”

“您难道还不懂得为什么吗?”珠安娜说。

她走去坐在桌子旁边，拿起了塞万提斯的集子，脸色惨白的，极力的忍住内心紧张。

“你们出去。”法官对警察们说。

然后，他就给预审推事和医生做了一个记号。他们俩也就留下来了。

“夫人，在这种情形之下，我们只有给您恭喜您的丈夫死了。如果他因为感情冲动而神经错乱，他也总算是死得勇敢，现在用不着让法律去追究他了。我们虽然不愿意在这种时候麻烦您，可是法律却逼着我们证明一切的暴死。请您让我们实行我们的责任。”

“我可以去换一换我的袍子吗?”她一边问，一边放下她的书。

“可以，夫人；不过请您把您这袍子再带到这儿来。医生必须看一看……”

“让夫人来看我，来听我解剖尸体，这也未免太难为她了，”医生说，他懂得法官的怀疑，“诸位先生，请您们允许她留在隔壁的房间里。”

法官们同意慈悲的医生的建议，法丽丝于是就走去伺候她的主妇。推事和检察官低声谈论。法官们不幸得怀疑一切，想象一切。因为他们必须假设罪犯的丑恶动机，必须了解一切的情形去探讨隐伏在矛盾行为底下的真理；所以，在实行可怕的司铎责任的时候，他们就不能不终于干涸了他们所不得不怀疑的慈悲心肠。如果检查尸体的外科医生的感觉结果也衰朽了的话，有负责去不断发掘灵魂秘密的推事，他的良心要变成什么样子的呢？法官们是自己的责任的第一个牺牲品，他们总为着幻灭而悲哀的走着，罪案对他们的压迫并不亚于罪案对罪犯的压迫。一个坐在公堂上的老年人是优越的，但是一个年轻的推事不是得战栗吗？这位预审推事刚刚好是一个年轻人，他不得不对检察官说：

“您相信妻子是丈夫的从犯吗？我们用不用侦察她呢？您认为应当盘问她吗？”

检察官的回答就是毫不在意的耸一耸肩。

“孟特飞奥尔和笛雅尔，”他加上一句话说，“是两个出名的坏蛋。女仆一点儿也不知道这罪案。我们暂且就停在这儿罢。”

医生施行手术。他检查笛雅尔的尸体，叫书记记录他给口授的判断。突然间，他跑到珠安娜的房间里去。

“夫人……”

珠安娜已经脱去了她的血衣，她在医生前头走了出来。

“是您，”他朝着西班牙女郎的耳朵说，“是您杀死了您的丈夫吗？”

“是的，先生。”

“……并且从事实的各方面看来……，”医生继续口授判断，“我们的结论是笛雅尔自愿的自杀了。——您写完了吗？”他歇了一口气，问书记。

“是的，写完了。”书记说。

医生签了字。珠安娜给他射去一道目光，苦痛的忍下了暂时润湿她的眼睛的泪珠。

“诸位先生，”她对检察官说，“我是一个外国人，一个西班牙人。我不知道法律，我在保尔都一个人也不认识，我请求你们给我一个恩惠。请你们叫人家给我弄一张护照来，让我回到西班牙去。”

“等一会儿！”预审推事喊道，“夫人，从孟特飞奥尔侯爵身上劫来的钱哪儿去了呢？”

“笛雅尔先生给我空泛的说过，”她回答说，“他把钱藏在一堆石子底下。”

“什么地方呀？”

“街里。”

两位法官互相瞧了一眼。珠安娜做出一个非凡的姿势，叫医生。

“先生，”她朝着他的耳朵说，“人家难道怀疑我有什么污点吗？我！这一堆石子应当就在我的花园的尽头。请您自己到那里去，我恳求您。请您瞧一瞧，查一查，找一找这一笔钱。”

医生带着预审推事一块儿出去。他们找到了孟特飞奥尔的钱包。

第三天，珠安娜卖了她的金质十字章，来充实她的路费。正当她领着两个孩子到车站去，要让邮车把他们送到西班牙国境去的时候，她听见有人在街里喊她。她的母亲即将与世长辞；人家把她送到救济医院去；玛拉娜从舁床的帘缝里看见她的女儿。珠安娜吩咐人家把舁床抬到一个通行马车的门下。母女俩就在这里举行了最后一次的会见。虽然两个人的声音都很低弱，珠安却听到这一句永别的赠言：

“请您平静死去，妈妈，我已经为着你们一切的人而受过苦！”

一八三二年十一月于巴黎

# 沙漠里的爱情

## 一、一篇反常的故事的自然的经过

“这景象未免太可怕了!”她一边喊，一边走出了马尔丁先生的动物园。

她刚刚看过这个大胆的投机家“调动”他的狼，无妨用广告上的口吻来说。

“他到底是用什么方法能够驯养他的野兽到相当认识他们的感情……?”她继续说。

“这桩事情在您看来好像是个问题，”我打断她的话，回答说，“然而倒是自然的事儿。”

“噢!”她一边惊愕的嚷，一边在她的嘴唇上颤动着一个怀疑的微笑。

“那末，您以为野兽就完全没有感情吗?”我问她，“您得知道我们可以叫他们学习我们的文化状态所发生的一切恶习。”

她用一道惊异的神色瞧着我。

“可是，”我接着说，“我承认当我第一次看见马尔丁先生的时候，我也跟您一样的吐出一口惊愕的叹息。那时候，我在一个割断右腿的老军人旁边，跟他一块儿进去。这个面目吓坏了我。这是一只无畏的脑袋，上面留有许多战争的烙印，许多拿破仑的战役的记录。这位老兵士特别有种直爽快活的神气，这神气总让我喜欢。这是一个什么也惊动不了的军人；他可以从同伍兄弟的最后一次皱眉里寻找笑料，快乐的掩埋他的同伍兄弟，剥去死者的衣服，威严的计算炮弹，说话非常简短，跟魔鬼交上了朋友。当动物园的主人走出小房子的时候，我的同伴非常用心的瞧了他一眼之后，就抿一抿嘴，极有含义的一啾，做了一个讥诮的轻蔑，好像上流人家要表示与众不同的时候所做的一般。所以，当我叹赏园主马尔丁先生的勇敢的时候，我的同伴老军人就微微的笑着，摇了摇头，用一种精明强干的气度对我说：

“‘我也懂得！’

“‘怎么，您也懂得？’我回答他说，‘要是您愿意给我说说这个秘密的话，我一定非常感谢您。’

“一会儿，我们交上了朋友之后，我们就到我们的眼睛所看到的第一家饭馆里吃饭去。吃饭后点心的时候，一瓶香槟酒就使我明白这位怪军人的已往的一切。他告诉我他的故事，我也就看出他所以嚷着‘我也懂得！’原来是有道理的。”

## 二、女人的好奇

回到她家里之后，她给我做了许多娇态，说了许多诺言，使我不能不答应给她转述这位兵士的机密。所以第二天她就收到了这么一段纪战时的插笔，这首纪战诗可以叫做《从军埃及的法兰西健儿》。

# 三、沙　漠

德西将军[1]远征上埃及的时候，一个普鲁凡斯[2]的兵士落在莫格拉宾人的手里，被这些阿拉伯人带到尼罗河瀑布以外的沙漠里去。

为着在他们和法兰西军队之间放上一块可以让他们高枕无忧的距离起见，莫格拉宾人就刻苦的开拔；等到晚上才休息。他们驻扎在一只用棕榄树掩护的水井的周围，他们曾在这些棕榄树的旁边预先埋藏过一些食物。绝没有想到他们的俘虏会有逃走的念头，他们就很满意的把他的两只手捆了起来，吃了一些海枣，给马喂了一些大麦之后，就睡觉去了。

当这位大胆的普鲁凡斯人看见敌人们不再监视他的时候，他就用牙齿衔住一把弯刀：然后再用膝部调节刀锋，他就切断了使他的手失去作用的绳子，恢复了自由。他立刻找到一支短枪和一把尖刀，预备了一些干海枣，一小袋大枣，一些火药和子弹，悬上一把弯刀，骑上一匹马，用力的刺着，朝着他认为是法兰西军队所在的方向跑去。

他不能忍受再去看见临时的驻营的苦恼，就猛力的压迫这匹已经疲惫了的骏马，可怜的畜牲双腰裂痛的断了气，把这个法兰西人扔在沙漠的中央。

用一个越狱的徒刑的勇气在沙中走了一些时候之后，这位兵士不能不停步了，天色也就黑了。无论东方的夜天是如何的美丽，他总觉得没有力量继续前行。幸而他居然能够走到了一个丘陵，

---

① Desaix de Veygond 是拿破仑的猛将，随拿翁远征埃及，攻克上埃及。一八〇〇年于救援拿翁时，战死于马兰谷（Marengo）。

② Provence 是法兰西的省名。

这丘陵的上面长着一些棕榈树，久已看到的棕榈叶给他的心灵唤起了最为甜蜜的希望。他未免太疲劳了，一倒头就躺在一块花岗石上面，呼呼的睡去，没有预备任何睡眠时所必要的防卫。他已经拿生命来牺牲了。他的最后的思想而且是自怨。他已经懊悔不该离开莫格拉宾人，自从他远离他们，得不到救援的时候，这些阿拉伯人的游荡生活就开始对他微笑了。

太阳的光芒唤醒了他，毫不留情的光线一直的落在花岗石的上面，在那里发出了不可忍受的热气。这位普鲁凡斯人不大巧妙的躺在碧绿的棕榈树的阴影相反的地方……他瞧了瞧这些孤单的树木，不禁战栗了起来：这些树木使他回忆阿尔大教堂的萨拉桑侨民所特有的盖满长叶的漂亮的睡床。但是，当他数完棕榈树，举目四顾的时候，最为可怕的失望，就打击着他的灵魂。他看见一片没有止境的海洋。沙漠里的浅黑色的沙粒到处都是伸展到他的眼睛所能看到的地方为止，就像是钢板被强烈的光线所刺激一样的发出闪烁的亮光。他不知道这到底是一片镜海，还是许多湖所结合的一面大镜。一道被波光所激动的火焰就在这摇荡的地下冲冒着。天空有令人失望的东方的清朗的光辉，因为它不允许人家生起任何幻想的欲望。天上和地下都是一团火。“岑寂”用野蛮的可怕的威严恫吓着他。“无限”和“无边”四方八面的压迫灵魂：天上没有半片的云彩，空中没有半点的风息，激荡着小波浪的沙地中没有任何的凸凹：还有地平线就像是晴天的洋海似的，界上有一条刀锋一般的分散的光线。

普鲁凡斯人抱住一棵棕榈树的树干，好像是一位朋友的身体似的；然后，躺在这棵树给花岗石投下的垂直的浓荫之下，他就哭着，坐着，留在那里，深愁的看着眼前的可恨的景色。他喊着，好像要冲破孤寂似的，那落在丘陵空隙里的他的声音在远处传播引不起任何回音的一道微弱的声响；回音是在他的心里。普鲁凡斯人二十二岁，他武装起他的短枪……

“总还有时候！”他一边对自己说，一边把这救命的武器放在地上。

## 四、新的鲁宾逊找到奇怪的星期五

轮流的瞧着浅黑色的空间和深蓝色的空间，这位兵士就梦想到法兰西。他甜蜜的感觉到巴黎的溪流，他回忆到他所走过的城市，他的同伴的面貌，他的生活的最小的事件。总之，南方人的幻想就使他仿佛在沙漠的长流上所浮漾的热气里看到亲爱的普鲁凡斯的石块。他害怕这残暴的沙漠的映景的一切的危险，就从前夜上来的对面的方向走下丘陵。他十分快乐的发现在形成这小山的基础的大块花岗石里有一个自然的山洞。洞里留下的一块席子证明这里曾经住过人。然后，他又看见在几步之外有许多结满海枣的棕榈树①。于是，我们的求生本能就在他的心里生长了起来。他只希望活着，等到有莫格拉宾人经过这个地方，或是不久或许可以听到大炮的响声，因为这时候波拿巴特②正在巡抚埃及。

在这思想的鼓励之下，这位法兰西人就打下几簇成熟的果子(在这果子的重压之下，这些海枣树好像都枯了似的)，而在尝着这望外的吗纳③时确信一定是洞中的居民所种植的棕榈树：海枣的馨香新鲜的果肉事实上也给他启示了前辈的苦心培植。普鲁凡斯人忽然从暗淡的失望变成发疯也似的快乐。他又登上丘陵，用这一天的残余时间从事于劈断前夜给他当做屋瓦用的一棵瘦弱的棕

① 海枣树即棕榈树的一种。

② 即拿破仑。

③ 古代以色列民族于旷野中所得到的天降的粮食。

榈树。一道空泛的回忆使他想到了沙漠里的野兽，预先料到它们一定会到消失在沙里而于岩石附近出现的源泉来喝水，他就决定在他的隐庐的门上放下一个防卫物，免得它们进来拜访。无论他如何的努力，无论他如何的只怕睡梦时被野兽所吞噬而特别有力气，他总不能够在这一天里把这棕榈树劈成许多的段片；但是他总算是把它劈断了。黄昏时节，当这沙漠的国王[①]倒下去的时候，它的崩塌的声音传播到远处，好像由于孤单而吐出一口叹息似的；兵士不禁发起抖来，好像听到什么声音，预先通知他有个噩运似的。

但是，正如一个承继人并不怎么样长久的悲悼父母的死亡一样，他就剥下这美丽的树上的又高又阔的绿叶（这些树叶实在是这棵树的带有诗意的装饰品），拿它来修饰他要拿来睡觉的席子。

热气和工作使他疲乏了，他就甜睡在他的潮湿的石洞的红壁之下。午夜时分，一种奇怪的声音扰搅了他的睡眠。他在席子上坐了起来，深沉的岑寂使他认得是一种忽起忽伏的呼吸的声调，这呼吸的粗暴绝不是人类所能有的。黑暗，寂寞和醒时的幻想又增加了他的深长的恐怖，使他的心都凉了半截。当他用力睁大瞳人看见在暗影有两道灰黄的微光的时候，他甚至于觉得他的毛发都紧缩了起来。最初，他以为这两道闪光是他的瞳孔的反光。但是不久，夜晚的亮光渐渐的帮助他去分别洞里的东西，他也就看见在他两步远的地方睡着一只庞大的野兽。这是一只狮子呢，还是一只老虎，还是一只鳄鱼呢？普鲁凡斯人没有相当的学识可以让他去分类的他的仇敌；但是他的恐惧的剧烈和他的无知之使他假设有一切的不幸则是同样的程度的。他受罪一般的忍耐的听着这呼吸的节奏，自己不敢呼吸，也不敢动弹。一种跟狐狸的味道

① 指的就是这棵棕榈树。

一样强烈而更为刺人，更为严重（我们无妨这么说）的臭味布满了石洞；当他用鼻子去闻嗅的时候，他的恐怖就达到了极点，因为他不能够再怀疑有一个可怕的同伴的存在，而他也正是借了这位同伴的王宫来做他的临时的营幕的。一会儿，快步走向天边的月亮的光芒照耀着这兽穴，不知不觉的使一只花豹的斑毛发出亮光。这埃及的狮子就像是安闲占据旅馆前门的奢华狗舍的一匹大狗似的蜷伏的睡着。它的眼睛开了一会儿，又闭了上去。它的脸刚刚好朝着这个法兰西人。

成千错乱的思想涌上了花豹的俘虏的心头，最初，他想用短枪打死它，但是他却发现在他和这只花豹之间并没有相当的距离，可以让他去瞄准，枪身已经超过了兽身。并且，要是惊动了它吗？……这假设使他不敢动弹。听着自己的心在这寂寞之中的响声，他咒诅着这过分剧烈的脉搏，只怕会因此而流血，只怕打搅了这个可以让他寻求一个活命的计策的睡眠。他用手摸了弯刀两次，想要切断他的仇敌的头颅；但是切断生硬的短毛的困难又逼着他放弃这大胆的计划。

“打不中呢？一定就是死。”他想。

他宁可有个斗争的机缘，他决定等着太阳上升。太阳也并不让他久望。于是，法兰西人也居然能够研究这只花豹；花豹的嘴染有血迹。

“它吃饱了！……”他想着，并没有忧虑这到底是不是人肉的宴席，“它醒来不会饿的。”

## 五、野兽也有灵魂吗?

这是一只母花豹。腹部和臀部的毛发出白色的亮光。天鹅绒一般的小斑点就像是镯子一般的套在它的足上。多筋的尾巴也是白色的，但是末端上却有黑色的毛环。袍子的上面黄得跟缺乏光泽的金子一般，然而却是平滑而柔和的，带有这种特殊的斑点，玫瑰花的形状，是花豹所以和其他的猫类野兽不同的特性。

这个清静而可怕的女主人鼾声大作，好像是睡在土耳其王后的枕头上的母猫一样的温柔姿势。神经质的血腥的足爪是有准备的，放在它的头前，这只头就在靠足爪的上面，从那里分散出稀有的端正的胡髭，就像是银丝一般。如果它是这样的睡在兽笼里的话，普鲁凡斯人一定会欣赏这只兽类的幽雅和那些使他的长袍发出无上光彩的颜色的剧烈的对照。但是，这时候，他却觉得他的眼睛让这个凶恶的景象给扰搅了。这花豹的出现，就是睡着也可以使它生出毒蛇的眼睛朝向黄莺时所有的效果。兵士的勇气终于在这种危险之前消失了一个时刻，虽然他无疑的可以在炮口下激奋冲杀。不过，一个大胆的思想却在他的心灵里发出亮光，而在他的汗泉里汲干了流上他的额头的冷汗。正如穷途末路的人会走到挺身冒死的地步，他不加细究的看出在这个冒险的行为里有个悲剧，就决定要光荣的扮演到最后的一幕。

“前天，阿拉伯人也许都已经杀死了我呢！……”他对自己说。

把自己当做是已经死去，他就勇敢而过分好奇的等待着他的仇敌醒来。太阳出来的时候，花豹突然睁开眼睛；然后它就狠命的舒展它的足爪，好像要流畅足爪的血脉，消除痉挛似的。最后，它就打了一个呵欠，露出了它那可怕的牙齿和它那锉子一般坚硬的分叉的舌头。

“这简直是小情妇！……”法兰西人看见它来去的徘徊，做出许多温柔而娇媚的动作，心里这样想。

它舐着染有血迹的足爪，它的嘴，而用充满柔情的重复姿势搔着它的头。

“好！……算是小小的梳妆，……”法兰西人对自己说，他又鼓起勇气，觉得愉快，“我们要互相说声‘平安’。”

他就拿起那一把他曾用来摆脱莫格拉宾人的尖刀。

正在这时刻，花豹转过头来，朝着法兰西人，盯住眼睛瞧着他，而不向前走。它的严酷铁板的眼睛和这不可忍受的目光使这个普鲁凡斯人颤栗，尤其当这野兽朝着他来的时候；但是法兰西人却用妩媚的神气打量着它，好像要催眠它似的觊觎它，让它走近他的身边，然后，在他发出一个正像对待美女一样温和一样多情的动作之后，他就给它伸出手，摸着它的整个躯体，从头摸到尾，用他的指甲刺着平分花豹黄背的脊骨。

花豹娇冶的竖起它的尾巴，微微的闭上它的眼睛，法兰西人第三次完成这个富有情趣的抚摸时，花豹就发出了我们的猫用以表达快感的这种鼾声；但是这一声呻吟是从这样有力、这样深沉的食道里发出来的，结果就在石洞里荡漾着，好像礼拜堂的风琴的最后的鸣响似的。普鲁凡斯人懂得这摸抚的重要，他就重复的摸抚，要使这个高傲的娼妓昏迷发傻。当他相信已经熄灭了这个多情的伴侣的凶猛的天性时（这伴侣已经在前夜这样幸福的饱吃过），他就站了起来，想要走出石洞；花豹让他好好的出去，但是当他爬上山岭的时候，这野兽就跟麻雀跳越树枝一般轻捷的奔着，挑惹着兵士的腿，好像母猫一样的耸起它的肩背；然后，又用它那略带柔和的眼光瞟着它的客人，吐出一场野蛮的咆哮，正是动物学家要拿来比拟锯声的声音。

“它真急啊！”法兰西人微笑的喊道。

他想方法舞玩这野兽的耳朵，摸抚它的肚皮，用指甲猛力搔它的头；看到自己的成功，他又用他的尖刀搔着它的头盖，侦伺着杀它的机会；但是骨头的坚硬使他觉得没有成功的希望，他也就发起抖来了。

沙漠的女王仰起它的头，伸长它的颈，用清闲的态度来表露它的沉醉，去嘉许它的奴隶的才能。法兰西人忽然想到要一刀杀死这凶猛的女王，就得刺戳它的咽喉，他就举起刀锋；那时候，吃饱了的花豹正好温柔的躺在他的脚边，不时的给他投去几道眼色，虽然是天性严酷的，这眼色却染有恩情。可怜的普鲁凡斯人只好吃他的海枣，靠在一棵棕榈树上；但是他也不时的给沙漠投去一道探究的眼色，希望能够找到救星，又给他的可怕的伴侣投去一道侦察的目光，去研究它的无常的宽仁。第一次，当他投下一颗枣核的时候，花豹就看着枣核落下的地方，眼睛里放出一道充满疑惑的神气。它用商人的谨慎来观察法兰西人，但是这种观察的结果是满意的，因为当他吃完一顿菲薄的餐宴的时候，花豹却给法兰西人舐着他的鞋，用一条又粗又长的舌头神迹似的给他吸清了夹在鞋缝里的灰尘。

“可是，等它饿了的时候呢？……”普鲁凡斯人心里想。

## 六、普鲁凡斯人的想法

虽然他的思想使他颤栗，这个兵士却开始严肃的测量花豹的身段，这只花豹无疑的是这种类的最美丽的一匹，因为它有三尺高，四尺长，还没有计算它的尾巴。这只强力的兵器，就和粗杖一样的圆，它有差不多三尺的长度。和母狮一样粗大的头有一种特殊的稀有雅致；老虎的冷酷的残暴在那里统制着，但是那里也有类似诈伪女郎的身姿的地方。总之，这个孤单的女王的面目这时候正表显出一种类似沉醉的勒郎①的快愉色泽，它的血液已经不渴了，它要嬉戏。

兵士想方法走来走去，花豹让他自由，只自制的用眼睛去跟随他，这种动作不像是忠狗，而像是忧虑一切（甚至于主人的行动）的一只粗大的安哥拉②猫。当他回来的时候，他看见泉水旁边的骏马的遗骸，花豹一直把这匹马的尸体拖到这里来。差不多三分之二的部分都被它吞噬了。这景象使法兰西人放心。他不难解释当他睡觉的时候为什么花豹离了洞，为什么花豹这样的敬重他。

这第一个幸福使他壮了胆，要去进行他的将来的冒险，他疯也似的希望可以跟花豹整天的同居，没有忘记任何的方法去驯养它，去得到它的垂青；他再回到它的身边来，看着它用几乎觉察不出的动作摇尾而生出一种不可磨灭的快感。他就毫无畏惧的坐在它身边，他们也就一块儿的开始玩耍了。他拿着它的足爪，它的嘴巴，拧着它的耳朵，推倒了它，用力的搔着它那多毛的热烫的腰部。花豹让他摆弄；当兵士想方法使它的爪毛平滑的时候，

① Neron是罗马的皇帝，最初慈善，后来则杀妻弑母，无所不为。

② Angora是非洲的一个地方的名字。

它就小心翼翼的缩回它那刀口一般弯屈着的爪甲。

一只手拿着尖刀的法兰西人于是就想将这把刀插进这只过分相信他的花豹的肚里；但是他又怕最后的痉挛会激动他，把他窒死了。何况他心里也还听到一种悔疚的声音，叫他得尊重这个无抵抗的生物呢。他好像觉得是在这无边的沙漠里得到了一位女友。他不自由自主的想到从前他用反语管她叫做“小姑娘”的第一个情妇，因为她是这样的富于妒忌心，甚至于在他的整个恋爱期内，他总老是害怕她常拿来恫吓他的那把刀。青春时期的回忆给他指示去用这个名字来唤呼这只花豹，他现在已经不再畏惧的崇拜这只花豹的轻捷，娴雅和温柔了。

这一天快要结束的时候，他已经熟悉了他的危险地位。他甚至于都喜欢这种苦刑。最后，他的伴侣也就习惯于听到他那尖锐的叫它“小姑娘”的声音而瞧着他。夕阳衔山的时候，小姑娘让法兰西人听见好几次深长而悲哀的喊叫。

“它是受过好教养的！……”快乐的兵士想；“它念祈祷文呢。”

但是这种精神上的戏谑只能够在他注意到他的同伴的温和态度时浮上他的心灵。

“去罢，我的小美人，我让你先睡觉，”他一边对它说，一边心里打算用腿的活动，等它一睡觉就赶快逃走，趁夜去找一个另外的寓所。

## 七、花豹的效劳

兵士不耐烦的等待逃亡的时刻，当这时刻到来的时候，他就急步朝着尼罗河那一方向走去；但是好容易在沙漠里刚走了半里路，他就听见花豹在他后面的奔跳，间断的发出这种钢铁一般的喊叫，比它的跳跃的微声还要可怕。

“算了罢!”他对自己说，“它对我有了交情了！……这只青年的花豹也许还没有遇过任何的人，得到它的初恋也还不坏啊!”

这时刻，法兰西人正好陷进旅行家所最畏惧的无法自拔的软沙里。他觉得自己上了当，就吐出一声惊惧的喊声；花豹用牙齿衔住了他的领巾，猛力往后一跳跃，好像魔术似的把他提出深渊。

“啊！小姑娘，”兵士一边喊，一边热情的摸抚它，“我们之间现在是生死与共的了！……但是别开玩笑啊!”

于是，他又走起路来。

自此之后，沙漠好像是有人烟的所在。它关闭了一个可以和法兰西人聊天的物类，这物类为他而减弱凶猛，使他都无从解释这难于相信的友谊的原由。无论兵士如何想要站住，想要留心防守，他毕竟是睡下了。醒来的时候，他看不见小姑娘；他登上了山岭，看见花豹在远处里跳跃而来，因为有这些动物的脊骨的易屈性，它们的习惯不允许他们驰跑。小姑娘满唇血迹的到来，它受到它的同伴所给它的必要的摸抚，而用几个鼾声来表露它是如何的幸福。它那充满柔情的眼睛比前夜还要温和的瞧着背普鲁凡斯人，兵士好像对家畜一样的对它说：

“啊！啊！小姐，因为您是一个老实的少女，不是吗？您瞧瞧这个罢！……我们总喜欢受人家的称赞。您不害臊吗！您吃了几个莫格拉宾人吗？……好！尤其是像您这样的动物吗？……可是，千万可别吃法兰西人啊，至少……我就不会再爱您了!”

它就好像小狗跟主人一块儿嬉戏似的游玩着，让人家轮流的叫它徘徊，拍着它，摸着它；有的时候，它就朝着兵士身上伸出它的足爪，用恳求的态度来挑惹他。

时间就这样的过了好几天。

## 八、“小姑娘”不会聊天却很忠实

这伴侣使普鲁凡斯人羡慕沙漠的超卓的美丽。当他在那里发现有恐惧，有闲逸，有食粮，有他所思念的物类的时候，他就有一颗受事物的对比而激动的心灵……这是一个充满矛盾的生活。孤单给他揭开这生活的一切秘密，用情趣去包蔽他。兵士在太阳的升沉里发现许多人世所不认识的景象。他懂得在听见头上有飞鸟——啊，这是稀有的过客——的微弱的翅声的时候，看见云霞的集结——啊，这是变化无常的身着彩色的旅人——的时候而颤栗。夜晚，他研究月光对于沙漠的影响，那里的热风产生出许多的波动和幻化。他和阳光一同生活在东方，他崇拜东方的灿烂华彩；他往往在享受这产生朱红干枯的浓雾和死气沉沉的云霞的平原所有的飓风之后非常愉悦的看到夜晚的来临，因为这时候就有鲜艳的天星的垂青。他细听天空的幻想的音乐。然后，孤单就教他去开发梦幻的宝藏。他花了整个的时间去回忆零星的琐事，拿过去的生活来比较现在的生涯。

总之，他对他的花豹发生了感情，因为他需要一个情爱。也许是因为他的强力的意志改变了他的同伴的性格，也许是因为那时候在沙漠中进行的战斗让花豹觅到的丰富的食品，花豹居然尊重了法兰西人的生命。兵士终于不再疑惑它，看它这样的变成驯良的。

他用最大部分的时间去睡眠；但是正如网中的蛛蜘一样，他也总逼着自己醒来看看，绝不让解放的机会错过，如果有什么人经过地平线的范围的话。他已经牺牲了他的汗衫，制了一面旗，插在一棵剥尽树叶的棕榈树上。他觉到必要，就懂得寻找方法用小棍撑住旗，让它永远的展开，因为当他所等待的旅人瞧这沙漠里的时候，沙漠的微风说不定就吹不动它。

就在这失望的长时期中，他跟花豹同游取乐。他终于认识了花豹的不同的声音，不同的眼色，他研究了花豹的黄金色袍衫的一切色调的斑点。当他一把抓住花豹的可怕的尾巴末端的毛丛，想要计算黑白的毛环（这些雅致的装饰品在远处的阳光里就像是轮廓和精致的宝石一样的发出晶亮），肚部的白皙和头部的娇媚的时候，小姑娘甚至都不鸣吼。但是，使法兰西人和悦瞧着它的多半却是在它嬉戏的时候，它的动作的轻捷也总使兵士惊异。当它跳跃，匍行，溜滑，突进，后缩，徘徊，蹲踞，到处奔走的时候，兵士总崇拜它的柔软。无论它跑得如何的快，无论花岗石如何的滑，听了一句“小姑娘”，它总立刻止步。

有一天，在太阳的光辉之中，一只大鸟翱翔空际。普鲁凡斯人离开他的花豹去羡慕他的新客；但是，等了一会儿之后，被人摈弃的沙漠女王却突然的咆哮起来了。

“上帝责罚我，我相信它有妒忌心！”他看见花豹的眼睛重新变成严厉的，就嚷着说，“维尔志尼的灵魂一定是跑进了这个躯体里去了，一定的！……”

鹰鸟在空中失踪不见了，兵士也就崇拜着花豹的丰满的身材。但是它的轮廓却有许多青春温柔的神韵。这是跟一个女人一样的美丽。金栗色的皮袍用精致的色调和臀部的缺乏光泽的白色相配合。太阳所绽放的光彩使这一块活动的黄金，这些棕色斑点发亮，生出难于形容的丽色。普鲁凡斯人和花豹都彼此会心的瞧了一眼；当妖冶的花豹觉得朋友的指甲搔着它的头盖的时候，它就颤栗着，一双眼睛就像闪电似的发光，然后又紧紧的闭上。

“它有灵魂！”他一边说，一边研究这只跟沙砾一样发黄，一样发白，一样孤单，一样热烫的沙漠的女王……

## 九、一个误会

“好，”她对我说，“我读了您祖护野兽的辨论；可是，这样配合好去互相了解的两个东西怎么会散局了呢?”

“啊！原来是这个！……它跟一切大情爱一样，也是因为一个误会而散局了的。这一边，那一边，人家都以为对方不忠实，人家总是骄傲，不肯解释，人家总是固执的争吵。”

“呃，有的时候在最美的时刻里，一个眼色，一句叹息就够得……好罢，后来呢？请您讲完这故事罢。”

“这是不容易的，但是您可以懂得老丘八已经对我说过的话。他喝完那一瓶香槟酒，就叫道：

“‘我不知道我给它什么苦恼，但是它就好像愤懑一样的转过身来，用它的尖锐的牙齿咬伤我的臀部，这当然是很轻微的。我，我认为它要吞吃我，就用我的尖刀插进它的颈项。它徘徊的给我喊了一声使我心脏发冷的叫唤，我看见它挣扎着，没有怒气的瞧着我。我愿意牺牲一切，甚至于我还没有得到的十字架，使它恢复生命。这就好像是杀死了一个真正的人似的。那些看到我的旗而跑来救援我的兵士们也就发现我满脸的流泪……——好罢，先生，’一刹那的缄默之后，他又接着说，‘后来我在德意志，西班牙，俄罗斯，法兰西打仗；我行尸走肉的经过不少的地方，我没有看见过像沙漠这样的所有……啊！因为这沙漠太美了！’

“‘你觉得那里怎么样呢?’我问他。

“‘噢！这可说不上来啦，年青人。何况我也并不老是懊悔我的棕榈枝和我的花豹呢，……我得为这个而悲伤，您知道，沙漠里有一切的东西，同时也什么都没有……’

“‘可是还有呢，请您给我解释解释罢……’

“‘唉，’他接着说，做出一个不耐烦的姿势，‘这是上帝，然而却没有人……’”

一八三〇年于巴黎